野地協奏曲

陳煌◎著

晨星出版

我的自然生態散文

陳煌

自然生態環境的建立，在台灣已行之有年，但成效如何，官員與關心者都心知肚明。但也就是如此，才令人操心。

自然生態散文的發展，在台灣的文壇也演化經年，但寫作者寫之，許多文學學者專家對自然生態散文的定義與表現方式，仍爭議多多。但是，對我這多年來一直從事自然生態散文寫作的人而言，所謂的如何定義與表現，我是不太在意的。因爲我只想按照我自己的表現方式，間接對所謂的定義透過作品做出某種程度的詮釋。也許這不是很正統的做法，也不是很學術性的作爲，但我只希望經由作品來呈現，至少這是我個人的思考。何況，寫作原本就是很個人化的行爲與表現，一種很個人化的文學藝術表現。

只是，自然生態散文在字意上、在解釋上、在表現上、在內涵上，如果透過作品，或許還能經由專業的分析而評斷出所謂的優劣，但也可能難以絕對。在此，我不想對此議題做出評論。

但這些年來，我還是將散文創作的主力擺在自然生態的主題上，原因是過去幾年來對它的關注，這從我過去出版的幾本散文集可以看出，另一方面我還是忘不了它在我心中的地位，儘管憑我一己之力根本不能改變什麼。不過，透過散文這種感性與理性可以兼顧的創作藝術與方式，大抵還是較適合我個人能力來表現的。因爲，在我的文學創作過程中，散文始終是我的主力，我幾乎可以拿捏精準地進行創作，而對自然生態的觀察與思索，也自然而然融入散文的創作主題中，遊刃有餘。

然而，創作是辛苦的，自然生態散文的創作更是辛苦，原因是它必須依賴實地的觀察，再將觀察的養分變成創作的營養，透過文字的整理和思索的過程，化爲一篇篇具備有自然生態骨架，卻又兼具散文藝術表態的創作，我願意還是稱呼它爲：自然生態散文。我不管這名稱在他人眼中是不是適合，或是符合，我有支持它的理由，因爲我的作品已能說明許多，況且它還是經得起討論的；另一方面，台灣報紙媒體副刊某種程度的方向改變或是沒落，都使自然生態散文的創作者陷於發表作品的困境中，這也多少影響它的發展。文學副刊雖然未死，但副刊文學呢？我們的社會和政策表面上關注自然生態，不過我們相關的作品彷彿受到其他因素的排擠，我相信那些排擠的因素是正當的，但並不代表正確；我們也口口聲聲講這社會是多元的，但多元就會忽略其中某些「單元」，而自然生態的議題總是這樣被冥冥中，或是有意的被忽視，因爲關注自然生態的人太少了，報紙媒體副刊發表自然生態散文也顯然被認爲只是服務少數讀者而已。

而過去的兩、三年來，我寫有關自然生態散文的新作完成的也不過是二十多篇，但在報紙媒體上發表的還在陸陸續續進行中，速度極慢，換句話說，由現實的經濟回報率的角度上看，一點也不值得。如果不是還有一些個人的興趣和熱情在支撐，付出與回報根本不成比例，這是從事文學創作者，更是自然生態散文創作者的悲哀。而當文學創作只單單靠興趣和熱情來維繫時，那一點也不穩固，創作早晚會消失殆盡。

但話說回來，我在進行自然生態散文的實地觀察時，經常得耗費半天以上的時間，有時還不止一次，所運用的都是例假日。到了我預定的地方，也經常要忍受天候、地形，以及其他動植物的不利干擾；有時雖然是基於偶然的邀約，而趁機有了觀察的機會，但對我而言，我依然要花最多的時間，用心的觀察思索，同時還得用筆細密地將特定的觀察對象畫下來。這樣做的原因，是因爲過去給報紙媒體副刊稿子後，等刊登出來時的插圖往往與我自己的創作主題失去一定的契合表現，那往往是更抽象化的，而缺少某種理性上的自然生態的內涵表現，所以後來我決定自己配圖。在進行配圖時，我盡量採用實地描繪的方式，以保持一定程度的理性與實物觀察的合理性；這樣做的好處，至少有文圖相配，和創作具象化的一些優點。

在文字處理上，我盡可能以感性的筆調來描述理性的自然生態事件，甚至適度的加上我自己的觀點，畢竟這是我的創作作品。我覺得，以這種方式可以表現我想要的企圖，而讓閱讀者感受到另一種散文的詮釋風格。一直以來，我始終用我的筆調方式從事散文創作，等深入觀察思索自然生態各種事件後，我也希望寫作自然生態散文的風格能有另一番表現，尤其是自從我早些年對山鳥這一環的自然生態下過苦功之後，有一段時日創作主題幾乎全擺在山鳥這小精靈，以及和山鳥有關的各種生態上；接著，我又稍稍轉了向，將生態放在都市上，但荒野的自然生態也沒放棄，不過，在文字處理上依然保持自己的風格，這點可以從我近年來的作品中讀出端倪。

總之，創作自然生態散文是辛苦的，即使有所謂的快樂，大概也是屬於苦中作樂吧。現在，我還是要說，當這些作品一旦結集了，那我就沒太多的話可說了，希望以上說的也不致太多。話多無益，既是如此，那就用作品來說出一切吧。

我還是繼續做一個單純的創作者好了，至少是第一個將作品寫出來的人，作品就留給閱讀者評斷。

重回荒野

在野鳥新樂園裡，
任何一位視它為荒野的人，
都有權利私自開發一塊菜園，
或是砍倒一棵樹，
向它索取自己所需要的。
在我過去的一整年觀察中，
逐漸走向寂寥與人工化，
只有人類才明白它的未來。

春至，我重回荒野。這距離我以定點寫完《人鳥之間》一書後的觀察記錄正隔三季，原因是想試著證明內心原來所擔憂的若干揣測是否成眞。

沿著山腳的坡路向前，我用力呼吸，並細心檢視猶在的冷風，摩擦在每一根草莖，和每一片葉子所造成某種程度的氣勢。

植被景觀大抵保留原樣，鳥聲果然如我所料，稀微如昔。這情形也說明昆蟲的數量已銳減，同時不適宜牠們交配繁衍。至於一隻碩大的蚱蜢用牠強壯的六足緊緊攀在草莖上，也旨在僞裝而已。這碩壯的蚱蜢，只足夠一隻白頭翁的早餐享用。

但白頭翁三三兩兩閒散地站在各處的枝椏上，懶得不願多說一句話，牠們的族群必然大舉遷居到山谷裡去了，留在山腰的只擔任警衛的任務，卻也不十分盡責。我經過時，其中一隻用不甚嚴正的聲明，表示了牠的警告：「也許你不知道，這方圓三十公尺內是我的警戒區吧。」

不過，我更明白，牠所指的警戒區也包括食物區在內，尤其是指樹叢裡的昆蟲，如稜蝗。至於其他有關漿果的食物，則還得等上半月。現在，大部份的白頭翁都期望滯留而冷冽的冬風快些離去。

我只聽見一隻紅嘴黑鵯的叫聲，牠隱身在隔著已佈滿白色芒花如牆另一邊的樹林裡。叫聲乍起即逝，這顯然畏懼於白頭翁們的勢力。

在過去的冬日裡，根據我的觀察，白頭翁和紅嘴黑鶇是勢均力敵的兩支族群，爲了獲得領地與食物，各自互有勝敗及斬獲，落敗的一方由取勝的一方佔據絕大部份的樹梢跟果實，以及經由啼鳴所代表的歡呼。

這一天，紅嘴黑鶇可能敗陣了，但仍留下一隻刺探敵情，以作爲日後反攻的參考。不過，冬日剛止的荒野中的稜蝗數量依舊如此繁盛，不知是否和野鳥大舉被鳥網捕獲有關？

我發現伐木的行爲仍在持續中，起先在山巒間，如今連入山口附近一些僅有手臂粗的雜木亦慘遭砍伐。從堆積在山徑旁的材木判斷，電鋸是幫兇。倖存的，大概是高聳但毫無經濟價值的筆筒樹。

小彎嘴畫眉一方面通常以草叢爲家，另一方面因失去樹木的競爭力，雜草因而大肆強佔了地盤，所以小彎嘴畫眉的族群有增加的趨勢。我估量，在一丈範圍內平均就居住了一對小彎嘴畫眉。

牠們最是聒噪，即使在過去的冬天裡照常活動，一小群一小群四處叫鬧，但行動敏捷。這種像戴了眼罩的小盜，無論如何是極少高飛以暴露行蹤的，但卻有鑽營的本領。除非獵人的鳥網掛得極低，否則很難將牠們成擒。

竹雞又出現了。這回竟由我面前數尺近的山徑溜過。山徑兩邊的草徑，在短短幾個月之中就蜂擁而上，幾乎掩蔽了山徑的痕跡，這正適合竹雞在其中散步。

我不知道荒野中還有吊子沒有，它是獵人唯一常設能活捉竹雞的陷阱。我驚喜能遇見牠，在荒山野地中，竹雞比其他野鳥更難得一見，希望牠們還能夠過得安全些。

台灣藍鵲奇特的長鳴夾在樹鵲之中，那是來自一片不可及的竹林裡。我的望遠鏡遍尋不得，但那裡一定有牠們的窩巢。

以往的經驗告訴我，台灣藍鵲在做早操時，就是從那方向出發，來到山腰另一片面積不大的山坡竹林中的。問題是，牠們活動的範圍可能很廣，行蹤飄忽，極難掌握其最遠覓食的地點距離。

令我較爲擔心的，是我能發現牠們，獵人也同時能發現牠們，這會招致獵捕的命運。我只有在這一天的黃昏前，才聽見一隻台灣藍鵲的哨聲，那麼牠的其他同伴呢？我不知道，沒有人也沒有法令保護牠們。

至於，原本在春季常見的樹鵲，今日照例現身了。牠們的數量約有七隻，或一小群群居在數箭之遙的幾株樹梢上，偶爾表明藏身的位置，目的也只在招呼同類而已。對於牠們只願留在更接近山巒的做法，我深信這是基於越靠近山徑人跡的樹木，越有被砍伐殆盡的顧慮。

樹鵲，其實是一種還算美麗的野鳥，喜於背風的環境。

以往，我並不偏愛牠們，大抵是和其聲音的粗糙有關。但顯然牠們懂得在缺乏食物的冬季裡閉嘴，是對自己較爲有利的——那時並不需要求偶，只要找到足夠渡冬的食糧就行了。

我認爲，樹鵲也許瞭解到冒險犯難是應該付出代價的。不過若值春天，則無須爲生活煩惱。

在野鳥新樂園裡，任何一位視它僅是一片荒野的人，近乎都有權利私自開墾出一塊菜園，以推土機闢出一條山路，或是砍倒一株樹，向它索取自己所需要的。

而掌理自然生態業務的官員和立法者，則還在翻閱公文，讓野生動物保育法在立法機關旅行地，在推土機的威脅下發出顯赫的軍威。一隻急於攫食的老鷹也許因此而較容易盯住兔子，但是兔子們卻更謹慎了。

草群重新掩蔽原來伐木工人走出的山徑，這並非好現象。一隻紅山頭到處呼喚著牠的族類，我則找不到可依靠的樹。

老伐木工人居住的屋門緊閉，因爲他要等下雨了，木頭儲存了水份，才能賣得好價錢，到那時候他才會又出現吧。菜農在與我打招呼時說：「樹都砍了，等運去造紙，紙張的價錢比較好嘛。」

我巡視了他坐落谷地的菜園，視聽見一隻小彎嘴畫眉在遠遠的林子裡孤鳴，在竹林中還發現一堆砍下竹子而升起的火舌，冒出的白煙飄過菜園上空，僞裝成雲霧，在黃昏時造成我的錯覺。

我先是躊躇猶豫，終於停止，穿過竹林後的另一片菜園。不必再看了，已馴種的菜莖作物替代了野生的植物，沙土被翻起來前，野草也被剷除焚化。

但那裡曾是一對台灣藍鵲喪命於一株高壓電箱下的埋骨地點；從此以後，雖然種植的香蕉一再結出完美豐碩的果實，台灣藍鵲仍視爲畏途。去春已腐爛成爲白色骨架的台灣藍鵲，在我的印象裡則依然深刻。

夜間溯溪探險的計畫要等到春末才進行，可是我不清楚將在這野鳥新樂園裡會發現什麼秘密，或學習到什麼。

如今我懷疑，是否一定要按計畫才能獲得更多更可信的自然生態資料。過去，爲了發現自己記錄中的新鳥種而振奮，現在還是如此。

只是樹林陸續消失，影響所及可能會令人失望，但就自然生態的角度看來，我正可藉此揭發一些被隱藏的人爲過失。

我沿著山溪邊的竹林巡索，每一處枝葉下的草叢裡彷彿藏匿著一些小昆蟲。牠們將在野鳥憩息後，接替其工作，繼續唱著讓人懷念的歌。早已遺忘童年時代稚眞生活的人，都應該可以從牠們的歌聲中找到某些很熟悉親切的往事。

至於去年經常逗留在山溪，起飛如牠的鳴囀的黃鶺鴒，已不知去向；溪水的確遠比秋冬乏善可陳多了，細細的水流彎過窄小溪床的石塊間隙，向下游竄去，這樣的水量，黃鶺鴒都可涉水而過。我呆立了一會兒，野薑花期已近，大多數的野鳥似乎不再留戀這塊野地，紛紛在入春前便攜家帶眷遠走他鄉。

草長的好處，就是在山徑兩旁造成兩道高高的屏風，體態較小者如灰頭鷦鶯、山紅頭、白腰文鳥等即如此期待，但對我則形成視覺障礙，何況各種精於借用人的褲角以傳播種子的纏身植物，尤教人卻步。

我想，牠們若是將窩巢建築在這些植物草叢裡的話，顯然有足夠的信心和常識，深深以爲那是最安全的地方了。春天孕育著野蛇，但這時候我希望能辨認出其中一條野蛇在溼地上留下來的爬痕，這表示野鳥新樂園還保留著荒野的個性，以及尙能嚇阻獵人的腳步。

很少人明白野蛇的勢力範圍達到哪裡，而大部份的人也對赤腹松鼠缺乏豐富有創見的想像力。赤腹松鼠如果想安然迎接一個春季，除了儲存足夠的食物外，還必須確定容身之處是否不受伐木工人的干擾。

但能符合後者的樹穴，也許要更深入荒野尋找才能如願，而在這之前，赤腹松鼠先要小心翼翼躲開鷹隼來自空中搜尋的利爪。

赤腹松鼠假使在草叢中走動，那遠比在樹上跳竄危險多了。即使是我，也能從牠在草叢裡的微微騷動中，判斷出那是一隻大意的赤腹松鼠，或是害羞的臭狸。

然則，我開始爲老鷹有點擔心，因爲此地平均三公里方圓裡找不到一隻赤腹松鼠。老鷹必然要花更多的精力和時間覓食。

獵人則可以輕而易舉地在一個黃昏裡，從捕獸器上帶走若干臭狸，在足食的今天，只爲了滿足個人嗜愛臭狸的野味。

這種被稱爲鼬，又名鼬鼠或小豚貓科的動物則以小鳥爲主食，慧黠而行動靈敏，卻對猛禽類的鷹隼束手無策。可是，牠們行蹤不定的叫聲顯然是荒野的表徵，只有親耳聞及的人才會感念到荒野生命的意義，是如此的具體而眞實。

臭狸的夢想，是需要一塊有樹有草的山地，可隨意奔跑和歇息，牠突出的長吻高高舉起時，便能從潮溼的空氣中分辨出數十公尺遠的香蕉熟透了沒有，或腐敗落葉下的昆蟲是何種小點心。

而我，也許必須耗掉數年光陰，才能由樹皮上的一些蛛絲馬跡，如爪痕，判別出是否是臭狸留下的秘密。

風，尤其在山谷坡地上造就了多種植被景觀，山紅頭一頭冒昧地鑽入草叢裡時，不知道對臭狸有何生活上的不便？

這時春風和暖不憩，植被植物的高度正好足供臭狸立起身來，伸長牠的長吻四下嗅聞，獵人也無法發現。不過，風也引來鷹隼，就在這片斜坡上空經常盤旋，伺機而動。

獵人當然只能採用最笨拙的方法設置捕獸器枯待而已。但捕獸器到底數量有多少，設置在哪些暗處，連獵人自己也常常忘記。臭狸更是匪夷所思了。

野鳥新樂園在我過去的一整年觀察中，逐漸走向寂寥與人工化，只有人類才明白它的未來命運。而單單鳥類一項，今年春天比去年春天的數量種類也銳減許多，野鳥數量種類的減少，至少說明幾個事實：

一、樹林被砍伐，導致林鳥缺乏棲息所和食物。

二、經濟行爲侵入，使山地淪爲少數人獲取私利的來源，與保育自然生態環境相違背。

三、野鳥一旦離去，可見我們生態教育的缺失。

四、人類心靈原有的一點點憐憫和愛已消失。

五、一片眞正大自然荒野的淪陷。

我內心所擔憂的若干揣測，果然並未因單純野草的勢力擴展而有所改善；它逐漸地形成只有雜亂草族的根據地，原先的居民如山紅頭、灰頭鷦鶯、白腰文鳥等少數鳥種或許欣喜於有了更舒適的生存環境空間，但多數棲身樹林的野鳥、赤腹松鼠、臭狸等則很難在春季裡繁衍牠們的下一代了。

六月的空閒

六月的空氣中充斥著細微悶熱的水份，
但所有的昆蟲皆喜好這種氣氛，
連我都知道牠們的存在。
如果想看看大部份的昆蟲如何利用這空閒進行求愛協奏曲，
那麼你就得懂一些基本的禮節，
例如不可大聲喧嘩、不可過度干預、不可鄙視等等。
這種禮節在學校是不會教的。
學校的教育往往教的是人的學問，
因此也無法教出一位偉大的昆蟲學家。
偉大的昆蟲學家通常是昆蟲教出來的。

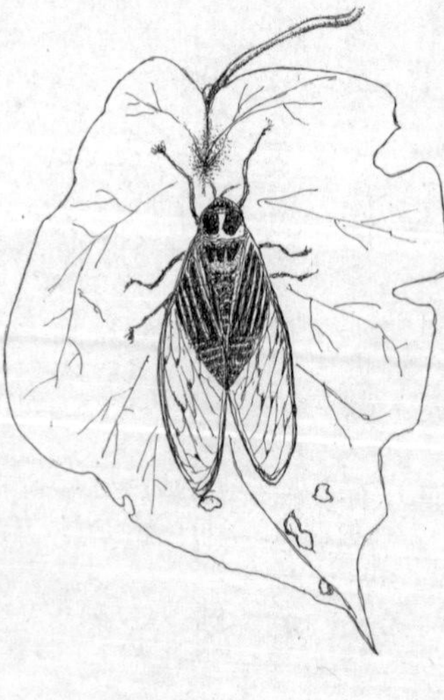

對於「嗜好」，我們是以什麼邏輯來定義的？寫一本詩集是一種美麗的嗜好嗎？或是編排一齣舞台劇是一種動人的嗜好？對一位醫學院的學生而言，也許窮畢生所學去找尋某種新醫學技術是一種嗜好；而發現宇宙間最遠的一顆星星，則是天文學家的唯一嗜好。我最大的嗜好，應是無所事事的遊蕩在六月的空閒裡。

但是，我發現野地的六月也是空閒的，像無所事事的風，毫不在意會發生什麼事，也毫不在意沒發生什麼事，一切彷彿都在預料之中似的。

要享受這種空閒的嗜好，就得找到一處空閒的好野地；要品嚐這種空閒的好野地，那麼非得找到空閒的六月不可，因爲你也得無所事事才行。

當無所事事變成一種嗜好時，空閒才會隨風飛行，在六月的空閒野地遊蕩。

它說起來是毫無形而上的價值可言，甚至也沒有任何思維上的架構涉入，那眞正說起來是像難登大雅般的習慣。但它之所以被我感覺美好，似乎也如詩人和天文學家一樣在享受一種似有若無的悠遊態度，沒人可以介入或替代的感覺，而感受脫離知識束縛的放逐。

尤其看似忙碌熱鬧的六月，野地比起其他月份的地景更擺脫不了被宣告爲愛之床褥的月份。

首先，一九九九年六月十二日清晨時分，突然從天空傳下一聲罕聞的巨響雷聲，它挾帶著印象中史無前例悶熱猝然的爆發力，將我們從擁抱的床上驚醒，在接下來的幾近最敏銳思潮的追索中，清明異常地聽見雷鳴如墜落風塵的一只巨輪，在六月天地重重重擊之後，又悶聲續響地朝某個方向持久滾動，發出不絕長達約一分鐘的驚雷召集令。

其實，在前一夜的靜靜閃電和雨勢已預言了這項召集令的到來，沒想到它卻來得如此急迫、沉甸、重責，好像這召集令的確也顯示了其無比的重要性。

對野地的六月而言，沒什麼比一場驚天動地的雷雨更值得流連。

然則，當我漫步於濕潤的小徑時，從某個角度看，六月所表現出來的空閒，卻是令人帶點悲觀的。

和三年前的情況比較起來，僅僅台灣藍鵲的數量就少了九成以上，在最近的一年之中，我幾乎忘卻牠們曾比最傑出的詩人更輕易的、更輕易的用翅膀就可在竹林上空寫下一首優雅的詩。

如今，六月的天空徒然只有老鷹偶爾留下幾首悲壯的短歌。台灣藍鵲的消失，也象徵著六月的空閒，在野地留下的微微惆悵。

我們想盡辦法為生活的美好而丟棄質樸的環境，建立起無缺的物質享樂，但也同時丟棄了慰藉我們的東西。

我們最大的嗜好，就是蒙著心眼往前衝，而不願空閒下來好好思索。無所事事的嗜好，往往被視爲不識大體的罪愆。

但我們還不大願意回顧過去的不幸，我們對經濟學家及財經政客所提出的數字一向深信不疑，然而幾乎沒有一位經濟學家和財經政客看到一群台灣藍鵲帶給我們的滿足指數是多少，以及附加於生活環境的指標是多少。

我們似乎也不在意，就如同我們不在意六月的空閒有否台灣藍鵲一樣。當我們留意到父執輩所穿著的質樸褲子時，是否會認爲那是不合時宜的物質年代？而我們現在的生活是最富裕的？在六月看似貧瘠匱乏的野地，空閒的另一種表現則是豐盈的。

沒有人可否認它的富有，即使它在時間的長流中默默地受到重複的破壞。就我的長期觀察所知，某些林木和土地通常每隔一段時間即又嚴重地被開發一次，因此，部份的地景並不能維持較長時間的地貌景觀，相對的也無法提供野生禽鳥棲生之用。

不過，對其他依附著季節生死存亡的無數昆蟲而言，它仍然是完美無瑕的表演舞台。

倘若這些多才多藝的昆蟲有所選擇的話，牠們一定會選擇看來貧瘠但又富裕的野地，而且一定是六月的空間。

六月的空氣中充斥著細微悶熱的水份，但所有的昆蟲皆喜好這種氣氛，連我都知道牠們的存在。如果想看看大部份的昆蟲如何利用這空閒進行求愛協奏曲，那麼你就得懂一些基本的禮節，例如不可大聲喧嘩、不可過度干預、不可鄙視等等。

這種禮節在學校是不會教的。學校的教育往往教的是人的學問，因此也無法教出一位偉大的昆蟲學家。偉大的昆蟲學家通常是昆蟲教出來的。

但截自目前爲止，我這門外漢依然對昆蟲所知有限，一如只能站在昆蟲自然博物館外的小學生似的向內東張西望。

不過，現在我正站在一對有著黑身且佈滿白色小圓點的天牛面前發愁，發愁的不是叫不出牠們的名字，而是牠們憑靠著什麼神奇的天賦本事找到異性，並且認定六月是最佳交配季節？有見識的科學家會告訴我，那是基於某種費洛蒙吸引力的關係，但誰又能告訴我，牠們身上的白色小圓點又具有何種意義？六月欲雨的午後，一對拇指般大的天牛全身著黑衣小白點的衣服，纏綿於空閒的構樹上。

在鄰近山谷溪流旁長滿咸豐草、昭和草和龍牙草等近十種野生植物的潮濕低地，玉帶鳳蝶、青帶鳳蝶、樺斑蝶、小三線蝶、台灣黃斑弄蝶等超過十種以上的蛺蝶，分別在風起的草原波浪中逐浪前進，或享用偶出的日曬。這又是一片被重新開墾後立即荒廢的低地，只不過野草捷足先登發揮了全面佔領的原始本性罷了，但也許它亦別具用心，那就是實踐施與受的美德。

而捕捉蛺蝶爲標本是經濟，將低地荒廢是教育，把野草留下是歷史，但我們缺乏的是看來有點離經叛道的空閒。在此，蛺蝶、野草、低地卻都看來無所事事。六月也是。

基本上，空閒是野地所具備的美學與內涵，更構築了整個自然的生命力。它們也在我周遭的風中，一如往常地生息。

我總是察覺其存在，就如同野地無法割捨蛺蝶一樣。伐木者可以砍去足夠賣好價錢的大樹，但他不能連帶地把棲鳥也抓了；墾荒者可以將低地種遍經濟作物，卻不能限制野草越雷池一步；我喜歡沿著遍種經濟作物的山坡地窄徑走，低著頭檢視頑強的草莖，但仍不免遺落一些。

我期望在被開墾的土地上，還能見到經濟作物與野草所協調的生態學，而不希望因經濟財政的主張而視野草爲蔽屣。如果我們要有精緻品味的樂趣或空閒嗜好，那麼一件漂亮的衣服和一間美麗的家還不夠，一株野地的咸豐草、一隻普通的紋白蝶更足以讓我們的空閒變得有格調一些。因此，我爲了把空閒的品味說得清楚些，請容許我再舉個例。

簡單地說，製造一個望遠鏡是一種科學上的嗜好，但拿著望遠鏡卻是空閒的品味。我也許不應認爲製造望遠鏡是單純商業行爲的延伸，但善用它去發掘一隻台灣藍鵲的生活，則遠比花錢買望遠鏡放在儲櫃以促進消費市場好。何況絕大多數的經濟財政專家只懂得望遠鏡。

六月甚至不需要望遠鏡。我閒來無事地注意到在一叢穗花山奈的肥厚葉片上，一小群「窮兇餓極」的紅頭黑體昆蟲，牠們各自賣力地大口啃食著，之後將很快的交配以繁衍後代，因爲現在的牠們可能很快就變成掠食者的食物了。牠們的專心一志，讓我只須稍稍彎下腰，張開眼即可發現牠們的行蹤，細細地掌握一舉一動。

倘使我願意，更可以跪下來，在附近低地的草叢最底部找到無數有透明翼、淡青色草蟬的蹤影，而保護色使牠們躲過多次弱肉強食的危機。現在，牠們只想盡快延續子孫，度過短暫的一生。

我也可以再去巡視一尾尙未好好見識世面的小蛇，牠在某日夜裡死在輪轍下。我遇見牠時，牠如魚骨般的白色骨骼顯露在外，扁扁地被日照曬得乾乾的。如此這般就消磨了半日閒。

六月的空閒也是如此消磨的，但我想一年當中沒有其他任何月份會像六月一樣流露競爭的優閒，即使是我，亦不得不認同此時此刻的野地無論遇雨受日，它都是最能體認什麼叫精緻品味樂趣的自然學者。

我穿過踩出來的草叢小徑，向閒適於鐵皮棚架喝茶的拓荒者打過招呼，緩緩步經草牽搭建但牢固的木板橋，心裡想的是空閒的六月，彷彿泡在那開水中的廉價茶葉，閒閒地沉浮。

也許應受邀請去喝口茶解渴，不過一份空閒更值得好好享有。

這樣的簡簡單單嗜好，一個人走來，無所事事地閒蕩遊晃，大抵是不受學教育或經濟的人們歡迎的，但是嚴格來說，那的確是無可比擬的最棒的一種品味，一種還是精緻的品味。

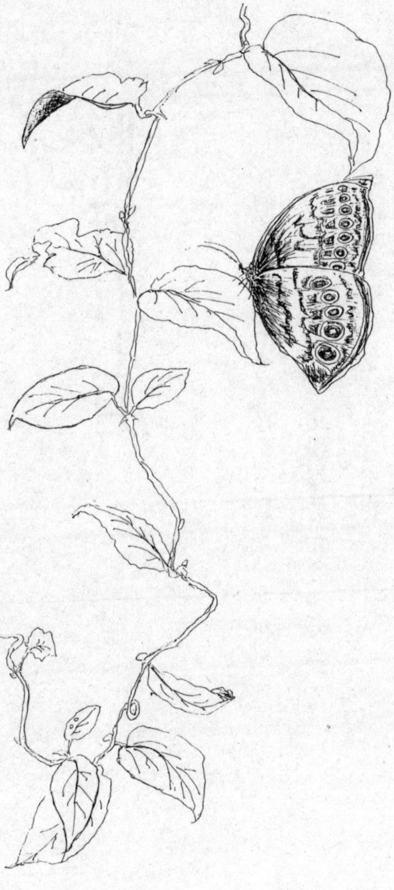

假使沒有七月

假使沒有七月，
我們在野地草木中感覺不到蛇的存在，
我們的視覺無法享受蛺蝶的光彩與優美，
我們沒機會見到鷲鷹對獵物的渴望，
我們會忽略狗尾草為何不再搖擺的原因，
我們也會視野地花草為糞土，
並且不領受大自然的教育。

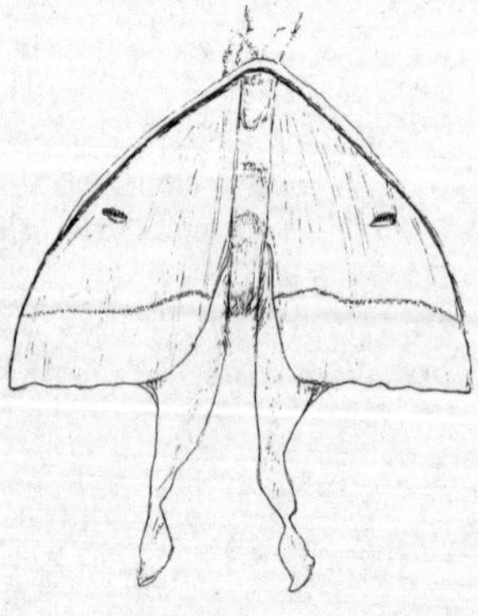

假使沒有七月，我們可能面臨三種尷尬：一、沒有暑假，就沒有感受到休憩的心態；二、一隻蛺蝶造就不了一個七月，但一群野蜂卻能形塑一處野地的熱鬧；三、少了T恤和流汗。對絕大部份的人而言，沒有七月只是少了吹冷氣與感受不到熱浪罷了，不會活得不快樂。

活得快不快樂是人們對生命追求的一種定義，但對追求快樂的過程，恐怕人人不盡相同。一個孩子第一次在荒野見到一隻飛逝而過的野兔，必然在他心裡產生莫大的激盪，進而可能造化出一個傑出的動物學家或有氣度的宗教家，這是對土地環境的認同，也建立了對快樂的誠懇確立；一個獵人第一次興奮地目睹一隻野鹿近在咫尺，然而卻一擊未中，或許在往後的追捕過程中興起對生態保育的覺醒，快樂地成爲一個高明的野地巡護員或反省保育者；一個有良知的企業家第一次眼看野地破敗的傷痕，也許會提供所需資源回饋自然，成爲幕後令人敬重的自然悍衛者或快樂慈善家。

快樂的持久、純粹、成就，不在於結果，而在於過程。

這就如同你想成就一番事業，一旦功成名就的快樂絕非最後的成果，應是過程的付出。付出對自然生態的關切與行動也一樣，如果成功，快樂自不言可喻，但一種被我稱之爲「嗜好」的過程，則是眞正通往去關切行動自然生態的捷徑。

通往七月的捷徑是從鹿寮的唯一上山路徑逕行而入，那是我所能取得七月的快樂之途。不過，絕大部份有意無意出現於這捷徑的人，並未曾發現七月的蹤影，連最具象徵意義的蟬鳴與龍葵似乎皆不聞不見。他們騎著摩托車催著油門張望而過，放開煞車張望著滑下山；他們揮著汗急著趕路，也談笑風生一路擦著汗下山；他們手扛著鋤低頭而來，回去的時候依然疲累地低著頭。七月彷彿不存在。

假使沒有七月，這般地景以什麼吸引人？是因爲它有富饒的土壤足以吸引鋤頭？或是它足夠荒涼而吸引了摩托車騎士？抑或是地勢小徑環繞，吸引著不停歇的腳程？我感受到既羞赧且保守的野兔藏匿在不可預測的土坳草叢裡，於此時節，鵟鷹搜尋在附近天際，逼使牠不得不悶熱懊惱地掀動自己的鼻，希望藉由四下的嗅覺找到一些可在七月鎮定的理由。

當然，濃密而遍佈的草叢正以最大的能耐搶攻所有的地盤，在過去月份所紛紛埋下的種子，如今已備受眷顧。一隻番鵑首先高亢地得到狗尾草的掩護，發出交配的啼叫，那代表七月的熱度。

假使沒有七月，番鵑因沒有落腳處的掩護而不知所蹤，野地將失去成千上萬令我著迷的植被，這些植被一直以來讓其他生物留戀不已，也讓自己有棲身之所。

對墾荒者而言，稱它們是廢物；對經濟學家而言，稱它們是非經濟作物；對官員來說，稱它們爲風景；對博物學家來說，稱它們爲生態；對自然生態學家來說，則稱它們爲歷史了。但是就野兔而言，稱它們是家。

鷲鷹對七月過於草長綿密的植被，顯然並不認同。從牠敏銳的眼光看來，七月草長，象徵著利爪往往徒勞無功，卻也得承認食物的不虞缺乏。

當我們身陷在刺痛苦惱的蔓草叢中，或置身於潮溼密閉的蔓草叢裡，我們更無暇瞭解一隻生棲於其中的臭狸，牠對這個密不通風且難見天日的家有何百般埋怨。也許在這草原國度裡，牠之所以悠遊自在也是我們無法想像的。家，對臭狸的意義，只是一片寬廣、不受鷲鷹打擾的草原。

假使沒有七月，竹節蟲生出的通體透明且青綠小竹節蟲，在輕盈地橫越小徑路面時，牠們將何去何蹤？牠們爲何選擇在溫暖的七月出生？是因爲七月的神奇力量使小竹節蟲的食物增加嗎？或這只是一種自然法則？假使沒有七月，就沒有看起來被風一吹就幾乎會隨風而去的小竹節蟲了嗎？一隻成熟的竹節蟲安穩地攀附於附近低低的樹葉上，對於溫暖又有些濕熱的七月，以及多不可數的孩子，牠會有更進取的想法嗎？所有的草木趁七月來臨之前，就準備好上天入地的全面擴展勢力範圍了，所以假使沒有七月，草木將無法按照原先的計畫進行這偉大的版圖擴建，也急速減少葉子打開它那猶如迷你唧筒的莖管，快速汲取空氣中廢氣的

作用和速度。

根據自然科學學家的研究顯示，即使是一棵小小有四萬片葉子的樹木，每年都能吸收數磅有毒的廢氣，甚至也包括帶有毒性的金屬物質，因此如果我們擁有愈多具有如此有保護機制的樹木和草葉，則我們吸收髒空氣的機會也會更少。七月悄悄加速了這項偉大工程的進行，但從不問人類適宜與否。

許多自然之事無須經由人類的過問與干涉，它就能做得既快且好，並且自古以來即不假人之手。

以七月而言，當它開始運作時，其綿密、細膩、精緻、面面俱到的手法，即連世上最高明頂尖的科學家集合起來也望塵莫及。

七月大抵是從水的運作開始，而終於水，在這複雜且精密的反覆運作過程中，它一如從根部莖管吸取營養，再分送至整株樹的千萬枝葉去一樣，看似簡易卻繁複無比，足夠寫成一部厚厚的書。不過，這部書卻是集合所有人類智慧與力量永遠無法完成的。七月在這種情形下，完成它生命最豐沛的旅程。

假使沒有七月，含羞草將不可能長得又大又盛，而令人誤以爲是一般名不見經傳的野草，並受到孩子好奇的歡迎。一隻除了皇蛾之外的台灣大型蛾類雌台灣長尾水青蛾也不會在潮濕的灌木叢清晨出現，用牠淺藍色翅、前後翅中央都有一紅褐色的大型圓紋，紋外並具波狀紋斑，美麗得教人不忍輕舉妄動。但它們的出現，只是七月眾多整體傑出表現中極其少數的作品而已。在創造方面，我們遠遠不及它來得神奇、高明。

於是，一隻被創造成有兩支如蠍子夾臂般的某種細小身長約不及〇·五公分的昆蟲，潛藏在七月的葉片上，若遭致頻頻干擾就忿怒地舉起那夾臂臨空作勢反擊，或以飛快的速度做每一次平均約七公分的驚人跳躍，只有彎腰屈膝而心存謙卑的人，才能幸運地見到牠。

但還有多少我們未曾或未及觀察到的大自然創造物，在七月的野地消失。被收藏而成爲標本在昆蟲博物館中的無數昆蟲，在標本製作者的眼中是軀殼，在參觀者的眼中是蟲名，但一隻活生生的昆蟲在野地才是生命史。

我們的教育只叫學生認識軀殼與蟲名，即使懂得其生命史也是來自死氣沉沉的博物館或課本，讓大自然這活生生的博物館荒廢在野地。七月也一樣被荒廢在那裡。

我們不曾好好珍惜過七月，當七月的馬纓丹被養殖在溫室裡，當蛺蝶被限制在溫室裡，當人們被迫必須走在悶熱的溫室裡，七月此時已失去了一份必要的野性。我們也以爲七月一定留在溫室外面，大部份的登山者唯有將七月踩在腳下，墾荒者唯有將七月置於鋤下，無聊的過客唯有將七月碾在輪轍下，而地主把七月草草寫在一張售地告示板上，建築商盯著廉價七月的坡地天空想像別墅的有利可圖，政府官員則把七月的國有土地圖冊深深鎖在保險箱裡，工程人員把七月毫不猶豫地劃入一條公路預定地裡，政客尤將競選旗幟和傳單一路侵入七月的荒野深處。

我們並不珍惜七月，就如同不珍惜其他月份一樣。

假使沒有七月，我們在野地草木中感覺不到蛇的存在，我們的視覺無法享受蛺蝶的光彩與優美，我們沒機會見到鷲鷹對獵物的渴望，我們會忽略狗尾草爲何不再搖擺的原因，我們也會視野地花草爲糞土，並且不領受大自然的教育。如果我們只需一把鋤或一個暑假，那麼七月並不如此值得歌頌。

也許有人確實把快樂建築在暑假裡，但聽見一群野蜂熱鬧的蜂鳴聲，你卻越能發現快樂不僅僅來自我的休閒。一件T恤也並不保證你的流汗會帶來絕對的快樂，但沾黏著勾刺種子的汗衫必然令你倍感不虛行旅的快樂。好幾年來的七月，我經常獨自行動，在鹿寮野地不斷觀察七月的創造極限變化，不過令人尷尬的是我似乎尚未尋找到答案，一個自己也滿意的答案。

七月，並不需要給任何人答案吧。

現在，一隻冒冒失失的赤腹松鼠不小心踩斷脆韌的枝椏，摔落在一叢厚厚乾草堆中，又匆促帶起一陣瑣碎聲響，掉頭迅速離去。假使沒有七月，誰又會製造那麼多意外的事件呢？

生與死的際遇

當我短距離貼近描繪牠，
而牠轉動著小小明亮眼球與我對望時，
我知道牠能和我善意相處，
共同擁有這個充滿危機與生氣的夏季……

生與死的際遇，對努力繁衍後代以延續族群的昆蟲而言，牠們只能聽天由命。不過就某些昆蟲來說，牠們是獵物也是掠食者，用與生俱來的獵食方式消滅弱者，也被其他的強者所消滅。

但凡是一方的死亡，亦供給另一方的生存，比起人類發動的某些戰爭動機與目的，自不可相提並論。而一向屈居為獵物、毫無抵抗能力的昆蟲，大抵只有認命之途。

以向來被視為掠食者，並被喻為魔鬼或神祇化身的蛇之一族來看，牠們的掠食意圖儘管並非針對人類而來，同時人類更是典型的掠食者，但我總感覺牠們的存在。在野地的草叢中或樹林的某處隱密角落，在小徑旁或水畔邊的陰暗一隅，在我們內心深處或頭皮底層，在世界可能深藏潛伏的任何地方，牠們像最精銳高明的掠食高手窺探這芸芸世間。只要走在草木扶疏之地，不論你是多強悍的獵人，或是多有經驗的捕蛇手，即使牠不現身，你都得嚴謹地正視牠的存在。因此，身為受到百般敬畏的蛇，縱然於冬眠的季節，依舊令人不禁得小心翼翼。在我經常出入的野地裡，牠就是我最深感忐忑不安的。

但在自然演遞的舞台上，蛇與蛙則是同屬一個角色，是獵物和掠食者，這也是生態食物鏈裡最重要的關係。而在生態食物鏈的一個環結中，則絕不能少掉人類。在最明顯的交配與生死的夏季，野地的小徑總在一夜之間出現蛇與蛙的屍體，牠們的屍體同時被輪轍壓得扁扁地黏貼在土地上，再經日照一曬，便乾乾癟癟地留在當場無人聞問，但譏諷的是上山駕車冒冒失失闖禍的人，卻一點也沒知覺。作為最具高階的掠食者的人類，在許多時候卻犯下伯仁為我而亡的行為，就如同在過去無心犯下無數對生態環境無法彌補的過錯一樣。

夏季的生態所帶給人的意義，似乎像人對生態的疏失一般，並不曾真正被解讀過。一隻蛙，就人的眼光，只是毫不起眼的一點鮮美的肉，並不能替代一罐殺蟲劑；一隻蛇，也充其量不過提供了一張精緻的皮革，牠更無法變成人人憎惡的毒氣彈。因此，縱使野地所有的蛙和蛇從夏季消逝，人們也會毫不在意，或者毫不動心，但對任何有想像力的人而言，倘若不能親耳目睹或聯想一隻蛙的鼓聲或蛇的舞步，那麼其創造力又將如何的被傷害，夏季又會如何暗淡？至於一隻急迫於從土地裡爬出，急迫於將翅膀風乾成透明的草蟬，又是如何看待夏季的？

每一隻草蟬一誕生，似乎就注定擁有一張舒服、自屬，以及和自己衣著顏色十分搭配的大床。牠們各自爬上自己的床之後，就等待，等待不知是誰發出第一聲對夏季的長長細細讚嘆，於是乎在我的腳旁大葉懸鉤子上大聲齊唱夏日進行曲。

但唯有謙遜彎下腰，肯用眼睛禮讚的人才能見得牠們卑微的身影。牠們出現的地方，通常也是蛇出沒的地方。如果一隻蟬能僥倖由蛇口活下來，那麼就得盼望可從野鳥的利喙幸運脫險，最後則枯乾了自身體內，只剩空虛乾燥的身形，接著一段時日之後又回歸土地裡，象徵了夏季告一段落。

這種周而復始的生態演替，一向以生與死的方式交互輪遞，促成一種自然野地的生命力，再加上植物、土壤、水的緊密關係，我們便能感受到一季夏日之所以成爲一季夏日的必要理由和條件。對此有懷疑的人，卻應該毋庸置疑地認同任何一個小孩或成人，當他親眼在野地看見一隻蛙或蛇之後，其內心與記憶的波動，必然遠比目睹一場舞台劇更深刻，也遠較在自然課堂上專注學習來得有趣，這即是自然生態的魅力。

不過，這種經驗則是進入基礎自然生態領域的門檻罷了，接下來更重要的是，我們該如何體認我們與生物、植物、土壤、水等的關係，及其相對應的態度、方法和策略。

水存在於我們看得見的地方，但也存在於看不見的動植物、人和土壤的體內；植物的榮枯，象徵著生物與土壤的存在與否，及人是否有美好健康的生活；生物儘管不見得被人視爲經濟性物種（除少數飼養生物外），牠們對植物、土壤、水則做出了貢獻，唯有盲目的政府與短視的人覺得沒有牠們也能活。

只有人，近兩百年來在生態保育的督促下，不但沒有做出反省，更明知故犯地讓生物、植物、水、土壤頻受傷害。於是，我們直接間接地從空氣、日照、作物、海洋，甚至肉品等

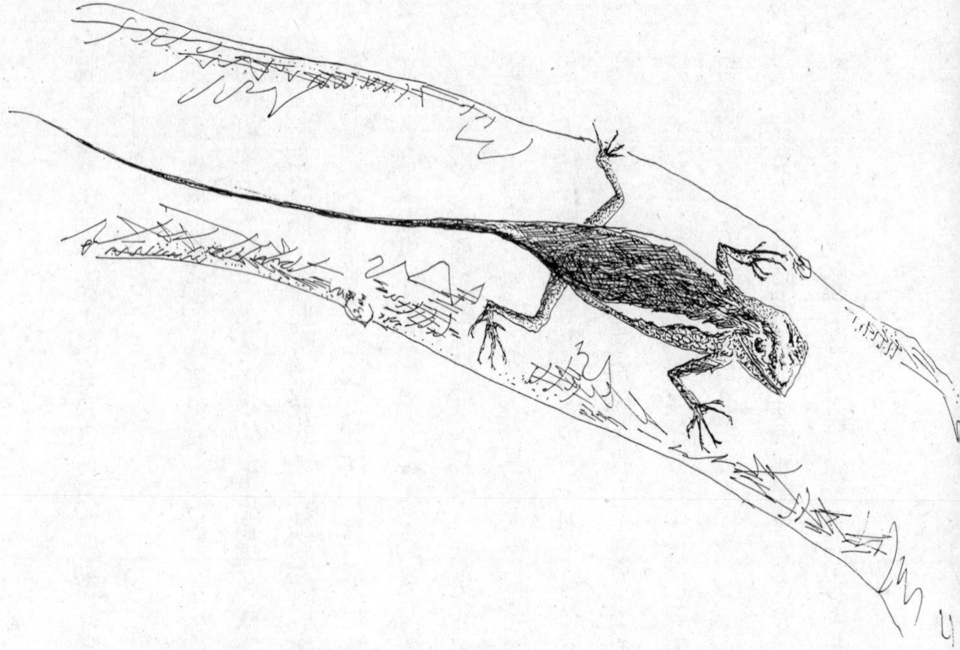

等環境中備受威脅。

在這方面，政府要付出的與責任，遠遠要比一般民眾的能力多得多，但我們卻長久以來未見到成效。以夏季爲例，夏季能自我修護的能力也弱，一群蛺蝶一旦由夏季裡消失，那麼其他生物也會跟著減少，更表示土壤的消弱與植物的某個物種滅亡，水亦減低了蓄涵能力，我們則失去蛺蝶飛舞的優美場景與美感。

夏季帶給我們的應不僅僅是這些，但失去了這些，我們就覺得自足了嗎？當我們目睹一隻蛺蝶時，想的是什麼？我見過一片長著豐盛草原的低地，吸引各種蛺蝶駐足、飛舞，整個夏季因而美麗生動起來，儘管有關牠們的知識令我在辨識上深感困窘，但卻絲毫不阻礙我對牠們的好感。一隻身手矯健的白頭翁啣著一隻蛺蝶，站於高高枝幹上大剌剌地展示牠的戰利品，對蛺蝶而言，牠的死造就了白頭翁的生，在牠短暫璀璨的生命中並不枉過。然則，沒有蛺蝶，我們依舊能活，只是更孤單而已。

同樣的，一隻攀木蜥蜴也不能讓我們的生活更優越，但我們能否因此而毫無忌憚或無心地破壞牠的棲息處？我可以告訴你，當我短距離貼近描繪牠，而牠轉動著小小明亮眼球與我對望時，我知道牠能和我善意相處，共同擁有這個充滿危機與生氣的夏季。

生活在夏季野地的生物皆不容易，一隻有著發亮寶藍色尾巴、遍身紅色的小型蜥蜴，一警覺有任何風吹草動，就慌張地躲藏逃竄，牠掠食獵物也被掠食。牠是自然野地代表性的生物之一。

所以，生與死在這裡並沒有公論，也沒有物議，它們只是依循著自然法則在進行一項偉大史詩般輪軸的悄悄轉動，或是跟著後頭躡手躡腳前進罷了。

而我，以及人們自始以來也都隨著轉動前進，一樣身處自然史詩的巨流中，成為其中的一個彎流，或一個漩渦。就野地生態而言，它深沉久遠地向時間歲月侵蝕、沖激，流向未知的旅程；但人類卻一直想獨自上岸，或是逆游以展現自己人定勝天的本事。

只不過，這樣的舉動並未保證事事如願，尤其在處理自然生態事務上，反而處處顯得捉襟見肘，或險象環生。足足有兩個世紀以來，人類在生態事務的處理上，可說一無是處。

現在我們只需要增加幾座國家級公園嗎？再多添置幾個生態保護區？然後再捨棄責任去毀損它？或者我們的教育還無知地教著缺乏遠見的自然課程？我們的環境生態保護機關還只停留在垃圾分類的枝微末節上？難道一塊都會裡倖存的樹林，以及鄰居的荒野之地皆不值得重視？

我所知道的野地，其實也正迅速受到無限的干擾、侵犯、毀滅，不論那是公地或私地，全遭致不同程度的戕害。小至蛙蛇被輪轍所傷，大至整處野地變為別墅區，我們正一步步被自己驅趕，也一處處失去不再回來的野地。

於是，我們是該慶幸還能擁有一些曾被感動的記憶？或者我們該選擇把更多的這種記憶，原封不動地讓自然繼續演替，留給自己和下一代？在綿延不斷的野地和季節裡，生是因死而來，死也是生，唯有自然野地看清此事，唯有自然野地證實這再簡單不過的自然法則。

現在，我拖著一身疲累的腳步回家，在此之前，我仍徘徊在夏季充滿生機與危機的野地，但我想它不僅如此，一些野生蜻蜓無所事事飛飛停停，彷彿得不斷同時搧動如扇子般的翅膀，才能降低夏日的高溫似的；有些敏感的植物，在面對昆蟲侵襲時，立刻產生類似自衛作用般地自動將受害的葉片脫落，以保護其他未遭殃的樹葉；每一隻鳥除非必要，否則儘量躲在陰涼處，一副事不關己地看龍葵是如何讓球型漿果由綠變成紫黑。

消遣和娛樂有時也存在某些可考的夏日早晨，一隻早早即起床的樹鵲跳著朝樹梢而上，踩落大半前夜遺留的水珠，然後自得其樂地望著從自身抖落的水珠得意地俯瞰；抖開水珠對牠來說不僅是晨間運動，也是一件無聊且有趣的事。

或許，這並不完整的野地夏季除了生與死的際遇外，還有一些大家都留戀的東西，把大自然其中這個特別的月份悄悄演得特別生動。

農場野地

填的土，正巧來自上方整地的土，
但似乎也夾雜著清晰可見的碎磚石。
我沿著新闢的小徑搜尋，
證實了那些半埋在泥裡的磚頭，
是來自早期傾圮屋牆的遺物，
而鄰近的土層如今又彷若再被利用一回罷了。
開闢者也是機會主義者。

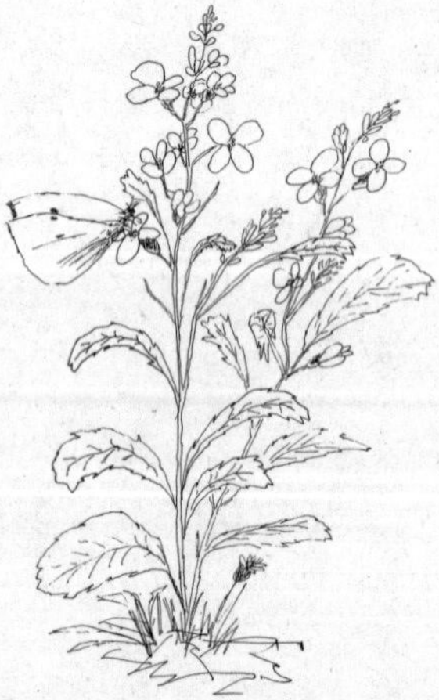

將野地視爲有利可圖的農場的人，必然是漠視野地眞正價值的人。在地籍冊上擁有野地，但將之視爲農場的主人，爲何在野地的路燈紙板上標示要出售他註冊的旱地與林地，眞正的原因不明。

但是，對一隻在任何風吹日曬下搜尋獵物而無視地界的大冠鷲而言，牠根本不理會鎖在櫥櫃裡地籍冊的限制，以及農場主人眼界裡的旱地林地範圍。

在牠祖先留下的疆土中，牠自是得以自由巡視。或許比人類出現得更早，更早就擁有、劃定了這塊野地的界限，而不勞地政官員劃地自限。

不過，農場主人之所以出此下策，我想和一九九八年全球經濟大風暴有可能的關係。這是過去罕見的。

經濟大風暴吹起一連串枯燥乏味的、令人沮喪的數學數字，雖然無關野地所有陸棲的鳥類和草木的生活，卻深深困擾城市裡多數失業者和搖搖欲墜的企業家，甚至把掌管財經規畫的官員吹得不知所措。

如今，這股銳不可擋的風，更吹入野地，讓坐困愁城裡的農場主人也不得不忍痛削價賣掉手中最沒生產價值、最偏僻的祖先地契，以支應最不景氣的難關。

在以往，農場的定義是很諷刺的。坐在城市裡的農場主人，首先雇請工人來到沒有農人和農作物的農場，尋找可以鋸下的林木，啓動馬力後，將成堆去頭砍腳壯大的木頭集中在一起，擱放在野地小徑一隅，等雨季的水浸濕木質纖維層，變重之後，以比預期高的價格出售。沒有一位官員和一隻陸棲鳥可以阻止農場主人這麼做，也沒有一條法律條文會禁止，因爲在一塊私有的野地裡，私人的自由也是被保護的。

但除了某些特定野地區域，其他野地上的鳥獸草木則不受保護。一張白紙黑字的地契所產生的法律效用，也比大冠鷲遠古的長嘯有利多了。如今，農場的地標仍聳立在野地的入口處，但裡面較壯大的林木已被賣光了，只得再出賣沒有農人和農作物的農場林地和旱地。

如果這位農場的主人有遠見，而且經常走動探看的話，在他告示賣地張貼之前，也許會考慮在地契的買賣合約書上附加野地地上物的無限價値，而不僅僅是賣地而已。

無法估算的地上物如草木鳥獸，既然無從定位算計，那麼也就如棄敝屣般被漠視、被遺棄，或不曾被好好愛惜過。對擁有野地農場的主人而言，辛勤搭建起來的鳥巢，或自生自滅的鳥毛蕨，都只意味著沒有經濟利益的無價地上物罷了。

在有樹鵲和五色鳥喧鬧的晴空春季裡，農場主人只願待在城市的電話旁，期望有買主在線路的那一端認同他開出的價錢，而懶得再走上一趟，問問已子孫滿堂的小彎嘴或綠繡眼的意見一下。

一個春季隨著圍起鐵絲網柵欄的光澤消逝了。坐立不安的農場主人終於無奈地將野地承租出去，至少因此而來的微薄利益總比空等枯待得好。

農場的地標依然聳立在野地的入口處，似乎繼續地明示那是一塊值得投資的野地。事實似也如此，在過去褐頭鷦鶯啼啼啼搧動著短翅，一路來來去去所踏遍的範圍內，皆曾有過菜圃一再被開闢利用的遺跡；若是能小心翼翼尋獲已被蔓草再度掩飾的小徑，如山紅頭輕巧的身影前進探索，那麼往往也可找到歲月住過的斷垣殘壁的跡象，以及一片一片被林子圍住，卻僅有雜草橫生的以往菜圃規模。

這些分散星布、放棄作業的菜圃，證明了一種得不償失的行徑、在禁不起入不敷出等實質因素打擊下所造成的錯誤投資後果，及已紛紛棄守的事實。於此同時，野地的力量又發揮機制，但也隱隱地間接爲農物主人佈下引人上勾的小小騙局。

於是，新的開闢者又不知情地走進農場，滿懷期望地扛著鋤頭，在租約中選擇一塊最值得種下美夢的地，開始辛苦地揮下第一鋤。在土石破裂、蔓草被連根挖起時，開闢者只顧低著頭努力，而沒有用心去推論附近一群高高站在林子樹頭上觀看的白頭翁，牠們七嘴八舌地訕笑是否正嘲弄地對著自己而來。

其中有一片菜圃位處山坡地邊緣。在任何一個季節裡，那裡曾經鋪滿矮小濃密的昭和花和咸豐草，小彎嘴群從中蹦跳出來時，總會震落細碎的落英。我判斷，在早先那也曾是一片菜圃。

現在，新的一片青菜也從同一塊相似的野地上長出來，但看起來弱不禁風，因爲土壤不肥沃嗎？我不知道。不規則的菜圃用簡陋不堪的魚網，高高低低地圍著靠路一邊，那又防著什麼？我猜想，在某些翻過土的隆起處，還會從土裡開出某種小經濟作物吧。在白腰文鳥啾啾啾輕細叫聲中可輕易穿越的簡陋木門，大部份的時間是上鎖的。

關闢者以鎖和魚網警示他人這片菜圃是閒人勿入的，但看起來，那只是開闢者一時興起之作而已，因爲毫不起眼，瘦小頹然的幾畦青菜，只吸引數隻春末的蝶蛾流連，如果讓竹雞好好站在網外評估，或許也會認定這樣小小的投資，也是白費心機的吧。不過，雖有作爲是一回事，當茅草在四周搖起夏天的記號，承租合約仍持續有效，但從種種跡象看，開闢者似乎也將此菜圃不當一回事。

另一處菜圃的開闢者，不但選擇了一片山坡地，而且讓油麻菜欣欣向榮，這點是由多數的蝶蛾認同的。但紅嘴黑鵯可能不這麼認爲，我推測牠們並不歡迎這麼做，所以在遠遠的林子梢頭喵喵地表示抗議。我也不認爲那山坡地被黃得出奇的油麻菜佔領是適當的。

油麻菜被梯田式的一畦畦安排在曾大事拓荒的山坡地上，正好位於山勢的凹處，那也曾是臭狸的家。開闢者先闢出蜿蜒的小徑，再逐漸開發成落差的菜圃，但我懷疑雨季來臨時將不堪一擊。因爲，在過去那是個低窪的小水塘，乾涸之後的灌木和蔓草掩飾了眞面目，如今一旦要改種這種看來有利可圖的菜色，當然得經一番塡土。

塡的土，正巧來自上方整地的土，但似乎也夾雜著清晰可見的碎磚石。我沿著新闢的小徑搜尋，證實了那些半埋在泥裡的磚頭，是來自早期傾圮屋牆的遺物，而鄰近的土層如今又彷若再被利用一回罷了。開闢者也是機會主義者。

油麻菜絢麗但與周圍景物格格不入的鮮黃花朵，很快招引了不知從何而至的蝶蛾，也在短時間內進行交配繁殖，彷彿可以預知花朵衰敗期一般，爲野地造成爲數頗眾的特殊景象。但自從開闢者撒下種子之後，我就不再見過他。

或許這次的賭注遠勝種植青菜的魯莽，但結論則難以預測，因爲曠時的照料也會給雜草可乘之機。被翻整過的土壤裡，草籽正蠢蠢欲動，收復失土的計畫已悄悄展開。

另外，在距離兩箭遠的山谷，一大片曾覆蓋各式菜苗的菜圃已大部份被野地收編。除非曾親見那繁盛的歲月，否則沒人會深信寬闊茂密的大片草原下，開闢者的心血和勞苦是多麼的令人折服。

但爲何又棄守呢？經濟學裡的成本概念其實並不艱深難懂，不過卻是每一個野地農場合約下開闢者的夢魘。

讀經濟系的大學生或許應該向這些機會主義者請教並實地下種，才能了解在非經濟因素干擾下獲利的機率有多少。不論如何，野地擊潰了開闢者而再度得勝。恢復原貌的地上物，以其不可忽視的戰略性和優勢重新獲得生機，這是農場標誌空蕩蕩聳立在野地入口處的原因嗎？

一塊乏人問津的農場野地上，售地招牌諷刺地飄搖在風中，在菜圃掙扎的不明中，一小群黑枕藍鶲毫不留戀地穿過沒有遮掩的菜圃上空，投入低矮年輕的闊葉樹叢。

被攔截的湖

以這個被山封閉的湖為例，
若是在冬日的魚肚白清晨，
平靜的湖水會升騰著薄薄如幻的水霧，
而你會期望一隻鷺由水霧背面破空而起，
優雅而莊嚴的舞姿令人噤口注目；
滑入某處水域，
可能幸運地見到一小群野鴨，
樂不可支地穿過迷濛的湖面，
咱咱咱擊響著水霧鑽入湖中，
卻不知又會從哪兒浮起來。

如果，對一個湖的印象是平淡無奇，那可能是抵達的時刻不對，或者你根本是個平庸無趣的人。

所謂的「平淡無趣」，從邏輯推理上大抵指的是表面浮影，而且一覽無遺的無可觀之處，這種像是貧窮乏味的景象，只要是湖，尤其是一個被攔截成水庫的湖，通常都是如此被塑造成平淡無趣的湖。

除了湖水，以及可以目光觸及的邊緣聳立而起的山巒與終年翠綠的樹林，也的確平凡寂寥。

任何一個有好運來到湖邊的人，一向有三種，一種是水庫巡視者，他會開著船固期巡繞湖區一週，結束以後就不再加以理會，巡視的工作就是他職權上的任務；第二種是還居住在湖內陸的居民們，他們只有在需要補給某些食品時，才會往返湖區，湖和船隻僅是他們必經的路和交通工具；第三種是和湖的管制人員熟稔、能悄悄藉著一點關係進到湖區的垂釣者，或大搖大擺以巡視爲名義的上級官員，他們只希望得到一尾肥壯的鯉魚，或考察、附庸風雅地欣賞湖景。

湖自從被攔截起來之後，管制也就理所當然的以水源保護區作爲阻礙閒人靠近的嚴肅條例。

在這個管制條例未消失之前，湖的底層原是一條被環山圍繞的溪流。一位造水專家見山高水長，便經過測量、規畫、設計和施工後，指揮建造一道高不可攀且堅固無比的攔水壩，從此一條溪流無處可逃，水開始漫漫淹過溪床、氾濫到沿岸的樹林和少數的房舍，以及果園、地主祖先的墳墓；水繼續往上漲，像無情的一紙疏散與征收的命令，汪汪的湖水已湧上半山腰；泡在水中的樹林和家園從此沈淪，但放肆的湖水仍被穩穩地攔截在水壩的一方。

我想，在水壩完成使命並且按照原先的計畫擁有一個新的湖時，一定大肆慶祝過。

也許蓋個水壩有其好處，尤其對人們的飲水和灌溉而言。但我們把一些自然鄉野抵押在湖裡，不知是否是明智之舉。不過，對已成事實的湖，我們還有什麼微不足道的迫切需求呢？

如果湖有風景尚可吸引人，那麼僅是容許少數人乘著船繞上一圈？看看那些說不上名字、侷促在湖邊山崖下不迷人的樹，或者只是搭船消遣一番罷了？你以爲由水壩阻攔的湖，和那些天然形成的湖有何兩樣？

倘若，水源保護區眞的要保護，那豈是撿撿湖上漂流擱淺的枯枝斷樹而已，而讓更多的其他水源地成爲泛舟、露營、烤肉的取樂天堂？

當上級的官員搭著船，由巡視者陪伴，心情愉悅的坐在微風吹過的船艙中，表示公務纏身而難得一遊時，他們不知道飛濺甲板上的優氧化湖水一點都不是藍天所映照的。也只有離這湖區不遠，或遷居到湖水之上山間的居民，才知道這湖的秘密。

來不及取走的，皆沈落湖底，包括有心人的一些些傷悲。來得及帶走的，卻仍不願走，因爲無處可走。

一位在湖邊內陸擁有看似廣大山林，卻住在自己搭蓋木屋的獨居老居民就說，每天天未亮醒來時，養的雞總會被蛇叼去一隻、但竹雞卻跑到石階前散步，我才不願離開，又去哪兒呢？

一個人住在湖邊的生活是貧窮的，但富裕的是他常常把幾支釣竿放入湖裡後，又走回木屋睡覺去了。假使缺了瓶醬油，在湖岸沙地裡插起一根上頭綁著布片的竹竿，那是宛若驛站高高立起的站牌，遠遠的時間一到就有船爲他停靠。但或許此去兩三日訪友喝酒去，未歸的話，湖也會爲他看管家門。因此，貧窮與富裕是不能混爲一談的。

有人把一生的積蓄，全數富足地存在銀行存款簿中的一串數字裡；有人則把畢生的存款，存在近似無聊的匱乏安逸的日子裡。不過，對湖而言，匱乏或富足在乍看之下，並不那麼具體顯明，甚至可以說是心智上的選擇。

以我所知道的這個被山封閉的湖爲例，若是在冬日的魚肚白清晨，平靜的湖水會升騰著薄薄如幻的水霧，而你會期望一隻鷺由水霧背面破空而起，優雅而莊嚴的舞令人噤口注目；滑入某處水域，可能幸運地見到一小群野鴨，樂不可支地穿過迷濛的湖面，咱咱咱擊響著水霧鑽入湖中，卻不知又會從哪兒浮起來；在好天氣的任何時刻裡，瞥見一隻獨立於水中枝頭的魚鷹，那揭示著牠掌管的大片水域是不能隨便闖入的，但你仍會有衝動，想要瞧個仔細，於是你一靠近，牠就繞到你後面，跟在船尾濺起的水浪中，伺機攻擊出現的魚。

倘若時間充裕，無聊可以讓你坐在湖岸無所事事的話，說不定一大群成排的藍色小飛影，會驚喜莫名地由湖對岸的樹林邊緣掠過，讓人來不及翻查野鳥圖鑑，也讓人爲牠們而神魂顛倒。

於是，渴求有一艘獨木舟嗎？

我們至今仍未擁有一艘自己的獨木舟，但我們卻在湖邊紮營了。最簡便的紮營，只有腰痠背痛的夜晚。

當晚餐的煙，慢條斯理地飄散在湖邊的黃昏，鋁盤上只有三尾小型鯉魚，在極少量的熱油中滋滋作響。

鯉魚是由湖中釣起，去腸剖成兩半，鋁盤下是湖邊最乾燥的相思木柴，但仍燻得我們淚泗縱橫。

捏指間的鹽使鯉魚在煎的時候，更令人垂涎，而一點醬油則使鯉魚的表面呈現美味的酥黃。

鯉魚是湖裡最新鮮可口的鯉魚，是我們一生所吃過的鯉魚中最豐裕滿足的鯉魚。

在那時我們終於明白偶爾去垂釣鯉魚，偶爾享用到剛由湖裡獵取到的人間最完美的鯉魚滋味時，湖是那麼富有。

天底下，大概只有經濟學家或富者會把物質視爲富有的豐饒吧。而我們的晚餐只要幾尾小鯉魚，和一縷湖邊的野炊之煙。

這個看似不富足的湖，卻是一個豐饒的湖，難怪連最不懂得湖釣的釣者都想盡方法溜到湖邊。他們不敢明目張膽地垂釣，所以只好藏身在最隱蔽的地方消磨一整個夜晚。

但要聆聽湖的夜晚，就得選擇一個有星辰的夜晚，在完全墨綠色的湖畔，潮水般沙沙拍岸作響，那暗示著可能有一隻醒來索食的臭狸，悄悄拖著牠餓扁的肚皮穿過岸邊泥地，循著微細的窸窣之聲追蹤而去，那也暗示著無數近岸的溪哥魚群，會在星辰的微光下爭食微生物而洄游。

在這看起來平靜黑色的湖之夜晚，任何一個熱愛紮營且不眠的人，都應該可以聽到或感覺那是眞實的富饒與生動。

湖畔夜晚的樹林從外表上看來十分不起眼，但你可以確實從空氣中觸及到不平凡。因爲，沒有一種低沈但具威嚴的聲音，能比角鴞傳出的秘密樹林的叫喚，更讓人原始地感受到那古老的神奇力量是如何支配荒野的。

假設，荒野和鄉野有所區分，那麼前者是比後者多了一些傳統、已失去的、懾人的性格而已。

於是，我索性從帳篷裡坐起來，拉著衣領，找來獨居老居民遺留在湖旁的破藤椅，重新坐在面臨夜湖的小山丘上。

我並不孤寂，星辰閃著亮光在四周陪伴著我，這時我也才發覺粼粼的湖水中，還住著無數有銀色鱗片的魚。

數不盡銀亮的金幣，並非只有在銀行守衛最嚴密的保險箱裡才見得到。湖的富有，由此可見。

此時我絞盡腦汁地想寫一首讚美詩來巴結湖，但是一條翻出水面的鯉魚，卻輕輕地扭動尾部就完成了，而且讓湖不禁擊掌稱好。

湖水推進又撤退，我蜷縮在逐漸冰涼的夜色中，未熄的篝火因燃燒著內部潮濕的柴木而發生嗶嗶剝剝的聲響，和火星、白煙四逸。

對生活品味的不同，就如同面對抽象畫所展現的個人美的事物有不同見解一樣。一個被攔截所形成封閉的湖，白天素顏或不甚可觀，但你或許能在細細品味後，分辨一幅畫的優劣之處。如果，我是比較幸運的，那麼也許我是有機會走近這湖一窺究竟的人。而沒人可攔截我的心智，去判斷它是否爲一幅好畫。

腥紅色棉線

還是有鳥雀帶著腥紅色棉線針簇跌落在地，
像血一樣滴下來。
大部份尚未氣絕的雀鳥，
繼續在空中踢著牠們顫抖的小腳，
為另一種脱困做註解。
這樣的脱困註解，
對身上加諸了腥紅棉線的鳥雀而言，
也許可免於恐懼和侮辱。

我想，過去有些記憶如同鳥的掠影，無聲無息或以簌簌般的響亮消失；但又有些記憶卻是以鳥的恐懼再度浮現。現形之下，過去的那些鳥蹤記憶充滿了無知的血腥和功利。記憶的橫切面必入一九六〇年代，一個逐步邁入小康、尋求機會主義的年代，在我們的小鎮裡則充斥著驚惶的鳥蹤，隨著噗噗悶響的槍聲，在一座座人工大鳥網裡求救無門。

我們圍繞在這種大型鳥網之外，漠然而消遣地等待有人抓開密閉的網的一角，又迅速地恢復原狀，期待一場小小的殺戮。如天羅地網般從上而懸掛垂下的四方立體大網內，幾株無根的樹，一邊是一張長桌，幾只發出昏黃的燈泡，壁壘分明地無數的鳥隻在另一邊飛竄，但最後總氣喘吁吁地側掛在鳥網上，或分別擠在僅有的樹的枝葉中；稍有風吹草動，立即又是狂亂地騷動，震得枝葉搖晃。

我盯著擺在長桌上的幾管長槍，和綁著鮮紅棉線的針簇。在每個白天和夜晚，這樣的大型鳥網總會被擺在各小鎮的空曠處，吸引一些冷冷但熱切的眼光。所有被集中、放逐在鳥網中的鳥，吱啁叫譟著，往往在不斷地掠動身影時，因倉促拍擊的羽毛紛紛飄落或附著在網上。我從來不曾數盡過牠們的數量，牠們大抵是麻雀或烏頭翁等雀鳥。

風吹拂著細密輕巧的鳥網，波浪般舞曳著，牠們又是一陣不自主的東奔西逃。我盯著長桌上綁著鮮紅棉線的針簇，腥紅的紅色，一種勉強被用來穩定發射方向，和可穿刺鳥雀身體的紅棉線針簇，好奇地令我急於想知道那是如何從槍管擊發的。

那是個威權但平和的年代。不過諷刺的是，威權被公開且赤裸地控制在幾管擺於眾目睽睽長桌的長槍上，而平和也不被網裡群鳥侷促拍擊的翅膀所感動。那是個追求自由卻不自由的年代──對每一隻鳥雀而言，牠們的自由只及於半個掠躍的空間，大網象徵著無知。年少的我，不曾見過在那般小小空間裡容納那麼多鳥隻，與慌覓跌撞的羽翅，而我擠在人群中，有種窒息的感覺。

通常，有一至兩個人會一直留滯在網中，大抵是販賣鳥雀命運的人，既然如此，鳥雀的死活自然是宰制在他們手中，但他們只把視線投注在眾人之上。如果是在夜晚的燈光下，我只見牠們已勞累地棲在樹上網上，彷彿如何都不想再動了。

在那年代裡，這樣的場景詭譎地普遍出現在各市鎮中，然後歡樂的氣氛就替代了哀愁。總會在眾人中，有人抓開大網的一角側身閃入，當大網恢復原狀，這是眾人所期待的，因爲一種源自人類深沈內心底層的殺戮，會激起歡樂的潛意識征服感，對於網裡無處可逃的鳥雀，可經由攻擊的方式達到排遣作用。於是，長槍被眾人的期待舉起來，娛樂的眼光經由針簇的腥紅棉線擊發出去，換來的如果不是失落的惋惜聲，就是興奮的喟嘆。而隨著低沈的悶響，鳥雀似乎早已能警覺到那來自槍管所爆擊出的致命聲音，不利地震動著空氣。牠們賣力地四下逃竄紛飛，也震得那些無根的樹葉簌簌而落，但無路可走的窘境，逼得又是一陣盲目般地東撞西闖，吱啁叫譟亂成一團，有些頭上腳下吊掛在網上喘著氣，因爲已無力飛行；有些落在地上卻驚慌地轉動小頭顱，不知何去何從。

有些跌在地面時，踢著細小的雙腳，腥紅的針簇棉線已刺穿牠們的身體。我在撲撲掠影的驚叫聲中，盯著那紅色棉線，似乎感覺到順著針簇流到紅色棉線的血液，已浸得更爲腥紅，也怵目驚心。

它一針擊穿鳥雀，也擊穿了那小康年代的弱點。但是，沒有人勇於出面遏止這種惡質的消遣娛樂，因此導致後來變本加厲在公開屠殺老虎的行徑上。保育生態似乎不曾被發現，而忠厚的人們也從未對那一雙雙踢著腥紅色棉線的小腳感到憐憫。槍管繼續低沈地悶響。

幾隻鳥雀捨命地直撲我眼前而來，令我不得不放鬆拉緊大網的手，急退。在一轉眼間，所有還試著努力脫困的鳥雀已飛撞在整個大網的狹小空間中，形成駭人但失去自制力的局面。外圍的眾人臉上浮起一絲看熱鬧的激情，那種弱肉強食的神態令人印象深刻。而網內手執長槍者以獵人的姿態，無視漫天四竄的掠影，繼續找尋自己的目標，但那已是屬於隨性、好玩的動作。眾人彷彿對這種難得一見的景象也有著不可釋懷的好奇和快意，就如同對當時一部機車的傾慕一樣，追求著傾洩的心機。

在每一條腳踏車可抵達的沙塵飛揚的道路旁，在每一個汲汲營取生活的晝夜市鎮，被收集在大網的鳥雀都吸引了無數的大眾。也像稀有的電視機博得無數的圍觀看戲眼光一樣，那個小康但心靈依舊貧窮的年代，最刺激的娛樂即是看著綁著腥紅棉線的針簇被一遍又一遍地從槍管擊發出去，激情的排遣勝過一切。

沒有人會說這樣不好，所以也看不到雀鳥哀號的眼神。我們的眼中也種不下一顆自然保育的種子，因此那個年代只充滿金錢機會主義，和為了找尋消遣的紓解心態，即使現今的年代也好不到哪裡去。只是用電鋸、挖土機和混凝土替代了大網。沒有人會說這樣不好，因為會如此說的都是人微言輕者。

鳥雀只是需要脫困而已。於是，牠們在眾人面前又賣力地拍擊著翅膀，毫無章法地疲於奔命飛撞著，但一切都是徒勞無功。原本瞄準的針簇，後來變成漫無目標的遊戲，諷刺的是每個自認可以花錢把槍管擊發的人，都不是真正有教養的獵人。

不過，還是有鳥雀帶著腥紅色棉線針簇跌落在地，像血一樣滴下來。大部份尚未氣絕的雀鳥，繼續在空中踢著牠們顫抖的小腳，為另一種脫困做註解。這樣的脫困註解，對身上加諸了腥紅棉線的鳥雀而言，也許可免於恐懼和侮辱。不幸的，死亡才是牠們的解脫。

對當時的我，我始終不知道眾人在想什麼，手執槍管者和搭起大網者在想什麼，甚至不記得他們的臉。只有那血一樣腥紅的棉線，綁在針簇上，被射擊出去之後，跟著鳥雀落在地上。殘在的鳥雀一定了解自己的命運，但從不放棄苟活。風吹著大網，手抓著大網，牠們就在眾目睽睽中東躲西藏，在低沈悶響的槍擊中跌跌撞撞地哀淒，並且一籌莫展。「獵人」優閒以待地再度舉起長槍，故作瞄準狀，即使多數落空，也覺得好玩有趣。

把腥紅色的棉線針簇裝入槍膛，用它來抓起一陣又一陣慌然四散的鳥雀，的確是一種滿足和刺激，何況牠們不會飛遠逃走，若是槍法神準，更會引來羨慕的驕傲。

我還是注視著那些針簇上腥紅色的棉線，注視著氣絕而被丟在長桌上的鳥雀屍體上，那再次被拔出，又裝入槍膛裡的腥紅棉線；血沾上了手，也沾上長槍，只是不知是否也沾上了眾人的眼睛。那是一個小康，卻沒有安全感的年代。

懵懂的我，不清楚下個大網會搭起於何處，就如同不清楚那些殘存的鳥雀的下落。有人說，那也是個懵懂的年代。

我的記憶中，只有那些針簇的腥紅棉線，和竄逃不去的紛紛掠影，過了三十年後才又想起，但是教人傷慟。如果，我對那年代能做些什麼，那麼紀念那些帶著腥紅色棉線氣絕的鳥雀，或許是最值得懷念的。

野地小徑

在任何季節的野地，
蔓草努力的修復傷痕；
但抵擋不住人類的開山刀，
落在草上那毫無章法的揮動。

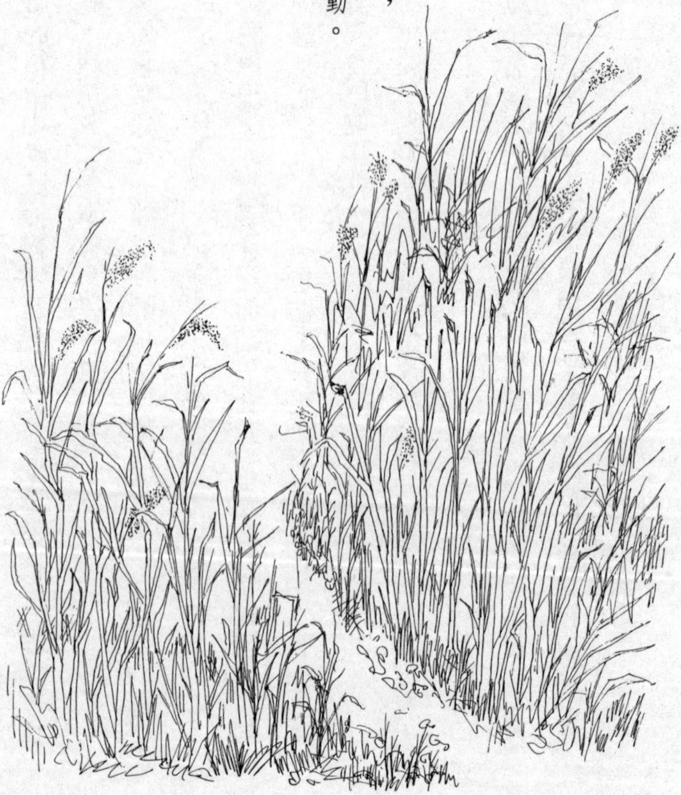

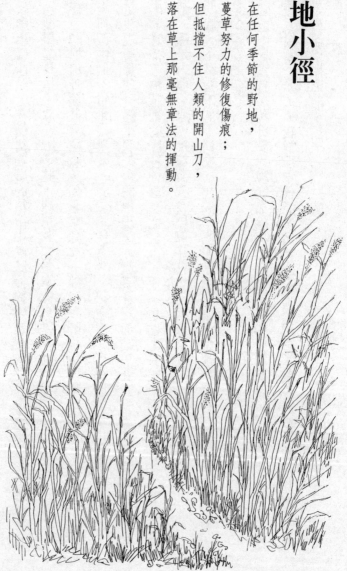

小徑的得失，通常由外在的因素而決定。一旦決定了，小徑就注定成爲野地的一部份記憶。我對野地的認識，也往往是經由小徑輻射出去的。時間和蔓草讓小徑有失，不過對野地是得，但人爲的因素則正巧相反。

我想，野地一點也不需要小徑。

要野地去拒絕小徑是很困難的。但每隔一小段時間，人爲的小徑即以新的走勢、位置和目的出現在同一野地上，然後蜿蜒不知所終。

從新的每一條小徑的蛛絲馬跡上，我見識到人爲的力量，較之自然的精雕細琢，只有粗鄙狠戾可堪形容。不過，我們負責林地管理的官員可能在早年，就輕易地將一紙產權證明，在辦公室裡交給地主，卻從未踏過野地一步；或者，那還是官員地圖玻璃墊下的一塊國有野地，但既然不屬於自己，那就任由他人千刮萬剮地在野地上割據、開挖。官員心目中貧瘠的野地，又有多少價值呢？

我的確是走在貧瘠的野地上，它意味著不受保護，以及任人宰制的傷痛。因此，野地上的每一草木，在需要一條小徑通行的前提下，它們唯有接受摧殘的嚴厲考驗：首先是龐巨推土機連根而起的強迫性片面剷除行動，從一開始便深入土層，和第一道儼如防禦部隊的草族有了初步接觸，但卻是毫不猶豫的殲滅之舉；所有被攔根仆倒的部隊幾乎連絆倒腳步的機會也沒有，即全數如蔽土般被傾倒在兩旁，一路上並未受到任何頑抗，推土機輕易地就破解了草族的陣地，同時打開一條黃泥小徑的勝利之路。

對於一片野地而言，這樣的浩劫算什麼，在過去的歲月掩護下，也曾幾度又收復失土，只是如今又得重新擬定如何打游擊戰策略罷了。

野地一點也不需要小徑，即使它能自我療傷而自癒。

堆土機的粗魯強悍，並不能使它有時間去閱讀關於土壤的史料，以及那些被剷除推開草族部隊的進取精神。當它們的遺體枯敗，陽光卻使它們回到殘株同袍下的土壤裡，而土壤將再度接納它們，爲了報答它們爲土壤極盡心力的保護之責。

一旦推土機不再出現的十數周後，原來的土壤上勢必再回復陽光照耀下的綠色版圖，沒有誰還記得推土機造成的舊創傷痕。

蔓草的豁達、謙卑使其集結的散兵游勇般的部隊，不堪推土機一擊，但爲了維護土壤的尊嚴，它們只能在必要時披上草綠服，做無濟於事的防禦式守衛。相對於強勢的推土機，它一向執行破壞或收拾殘局的任務。我曾見過一條新的小徑，推土機平整來回推動，土壤從中央隆起，十數周後，蔓草首先在小徑中央形成一道綠色小堤。一幢別墅高樓的屋頂，似乎就是從小徑遠遠的盡頭消逝處升起的。

除了推土機，鋤頭是被運用做來對付山坡上層的蔓草。但由於駐紮在山坡土層的蔓草部隊，多半屬於中堅的忠誠份子，以往除了山崩水患的突襲入侵之外，幾乎很少受到挑戰。不過，鋤頭那一步步的進逼，以及一寸寸的迎頭痛擊，則沈重得難以抵抗。

那種群起義無反顧似的密集堅守崗位的策略，彷若使先前的防禦部隊相形見絀，也令執鋤者汗顏。或許歇息一會吧，但接下去的每一鋤，卻往往將阻擋的蔓草攔腰而斷，繼之抓開土壤，皮裂肉綻般帶著蔓草殘枝飛向空中。對一向和草、土爲敵的鋤頭來說，一時間散發在半空的植物混合著泥土的芳香，它是不會聞問的。

於是，像炸彈的重重一擊，在山坡留下狼藉般坑坑洞洞的重創局面，隨著執鋤者的目的，彎彎曲曲向上採取各別擊破，和逐步併吞的攻勢，直到自忖地說，或許歇息一會吧。

倘若一把鋤頭肯回頭看看，那麼它可瞭解這一役所帶給蔓草的傷亡，簡直可說血肉模糊。

用它來除去山坡忠誠不屈的部隊，鋤頭是游刃有餘，因此，又被重用於做全面的清除戰場的工作。清除戰場是需要賣力的，一堆堆潰敗肢解或仆倒的蔓草被堆高，被遺棄在計畫暗中重整旗鼓的殘餘部隊身上。一條新的小徑至此已有雛形，以很粗糙難堪的模樣介入野地。

至此，也無人聞問。縱使被堆積一旁的蔓草，用一把火燒得灰飛煙散，也不會在國有野地上留下任何污點。

但是，野地一點也不需要小徑，固然它一絲辦法也沒有。

鋤頭在野地中只有兩個簡單的作用，一種是闢爲菜圃，另一種是除草。我見過一條新小徑，就是從梯田式菜圃邊緣開始的，有了它，鋤頭即可以開挖出更多的菜圃。不過，經過短短一年半載，菜圃也會因其他不明的原因而荒廢，鋤頭也束之高閣。但這種情形不斷在野地裡反覆上演，新的小徑也不斷地出現。

而順著新小徑走，就不免暗暗心驚，鋤頭一路大開殺戒般留下的無辜、殘酷的記號，總會令人不以爲然的生厭。一把再鈍再沈的鋤頭，總有機會對蔓草進行蠶食的威脅，給野地造成壓力。

再陡斜的坡地，也阻止不了鋤頭的凌空結實的重擊。於是連剮帶扒，即使是居高臨下最尖銳的部隊，也唯有節節敗退，而一潰塗地的餘眾則紛紛在一落一起之間滾下坡地。新的小徑繼續朝未知的方向前進。

對不擅於辯白以表明自己立場的野地而言，鋤頭意味著一次又一次對自然的征服。但偶爾我也見識到野地對新的小徑做出象徵性的警示，如一條山麓向下橫橫切穿小徑的溪流，或幾株不賣帳硬是橫臥小徑的斷木。再駑鈍的人都知道，在舉起鋤頭，佔有坡地之前，還得靠蔓草穩住身子前進。無論如何，小徑之仗並不曾永久的取得勝算。

但，一把鋒利無比的開山刀，卻可能在新的小徑未完全取得全面的勝利前，已迎頭而上。

開山刀很清楚，在鋤頭未能殲滅所及的地方，只有它輕巧靈活的利刃辦得到，而且它才是專門用來應付從四面包圍過來的無數後援部隊的利器。每個野地的開山刀執有者也明白，想在荒煙蔓草中另闢蹊徑，或突圍，誰也抵擋不了。

可是，野地一點也不需要小徑，即使是任何藉口所闢出的羊腸小道。

在任何季節的野地，蔓草努力，悄然地修復傷痕；但在另外一邊的開山刀卻用力揮動著，毫無章法地對著坡地擠滿的蔓草後援部隊迎頭痛擊，再加以踐踏過去。因此在新的小徑某段坡地的巷戰中，總怵目驚心地看見被腰斬，卻仍屹立的半節蔓草，隱約還聽見它們身首異處的最後嘆喟，殘留在野地附近。

我見過一條新的小徑，小心翼翼而隱密地延伸於彎曲的坡地上，兩旁一臂遠的鄰近蔓草全有被斜斜不整削過的明顯刀痕，一路繞過幾個轉角，地上並佈滿被踐踏倒臥枯死的蔓草堆，順著前進的同一向鋪造成一層厚軟的地氈；而依舊不屈的，偶爾會有蜻蜓飛至前來巡禮，蛺蛾則靜靜地停在倒臥者身上悼念。

每一把出鞘的開山刀也都知道，當它輕而易舉削過蔓草不及盈握的枝幹腰身，那也意味著草草顯露跡象的新的小徑，亦得付出小小的代價：春風吹又生的復土計畫，會在最短時日內，讓新的小徑迅速感受挫敗的窘境。其恢復舊觀的速度，也會令開山刀倍受嘲諷。

這一切都在野地蔓草和時間的盤算之中。

遺憾的是，我仍不可避免的被新的小徑吸引，往前察看有什麼秘密隱藏在那幽深曲折的野地中，藉由開山刀的衝鋒陷陣，凡是阻擋去路的，都躲不過它的砍殺而現出血路，那種陰涼、寂靜、詭異般的氣氛，即使日照當中，也會在經過林子的營造下，湧起某種危機重重的意識。

這種莫名留滯心頭的意識，或許可從一隻被鐵夾陷阱夾中足踝，而露出白森骨頭，仍一跛一跛艱困倖存的野狗身上得到一些見證。但有時是一處傾圮失修，荒廢陰森的古老舊屋半藏於黑暗的糾結樹影蔓草中；有時是數支十字弓的短箭殘留在小徑路旁的樹身上，各形蜘蛛網已搶盡先機在小徑上架設起無數路障；或是一團被麻布束緊，或是身軀乾枯的貓的屍體，被冷冷地掛在一抬眼、轉彎的樹頭。

新的小徑，說明了某些事的發生，至於早被遺忘，依然守候在小徑某處的鳥網，只是不負責任地躲在暗地隨風搖擺罷了。

開山刀、鋤頭，以及推土機似乎被不同人加以利用，但同樣都從不見經傳的野地蔓草中攻堅而入，蜿蜿蜒蜒進行一場官員也不曾發覺的殺戮，一場沒有搖旗吶喊、一面倒的野地戰爭。

我之所以倍感殺機重重的不安，通常也置身在戰爭結束之後的新的小徑中，才會深刻感受到一些難以測知的險境，彷彿隨處潛藏著。有一回，我循著一條新的小徑緩緩前進，在穿過一處兩山之間的隘口之後，整片半山被墾荒後的甘藷園眞相，令人駭異，但小徑卻又切過甘藷園一角，持續朝一隅的山後延伸，再穿越一片複雜竹林，向另一處野地深入。在野地的某處草叢，布置著精巧的吊子和掩飾的鐵夾。

野地一點也不需要小徑，也不需要開山刀、鋤頭和推土機。要衡量野地是否豐饒，那要看供養了多少野生動植物，而不是以出現於小徑周邊的小經濟作物和陷阱有多少來做標準。這一點，擁有野地的人始終未曾學會。

消逝的小溪

我們對付小溪一貫的手段，
在小溪鋪上粗糙堅實的水泥，
拔除地上一切草木，
然後再讓更多的推土機和卡車來回滾動。

樹鵲從三年前夏季的樟樹上就失去蹤影，小溪附近的喬木更沒有理由地被解除了樹鵲賴以遮陽、小憩、傳唱、躲迷藏的葉篷；倘若這片廢棄多年的荒蕪營區，所有的喬木皆能繼續保持它的神秘感，那麼任何一隻在此地誕生的樹鵲將更能掌握生活的訣竅。

小溪曾在番鵑閃現磚紅色羽翼的跳躍下，從杳無人跡小徑的複雜矮叢間穿越，靜靜接受蛾蝶如掌的雙翅讚美，多種蜻蜓也飛過來湊熱鬧，落在小溪兩岸狹狹泥土草尖探看，流連不去。在不足一箭之遙的坡地，時光給了無數草類灌木叢豐盛的生命力，藉以迎合白頭翁、珠頸斑鳩、綠繡眼與竹雞落腳、覓食的喜好，假若需要再補充體內的水份，那麼清淺涓細的小溪大可應付自如。

鳥雀看中小溪，逾越的菜農也看中小溪。於是從一片悄悄開墾的菜園，逐漸擴充，接著沿著小溪兩岸開始剷除一切礙眼、沒有價值的草木，並且盡可能地拉起圍籬。從此，鳥雀憂心地遷離棄守被驅趕的家園，一隻樹鵲走的時候，幾乎不回頭再看依舊的夕陽一眼。

在更早之前，我經常獨自巡視，偷偷壓低著身，沿著小溪走到山坡外圍戍守的芒花叢裡，記錄每一隻掠影的風吹草動，享受某種荒野的況味。如果我願閉起眼，幾乎皆能明白指認每一草木的隱蔽處，會有什麼鳥雀動靜，而精確無誤。

小溪繼續流動著，它形成的原因不明，但岸邊的泥層佈滿草花，任何一隻喜歡躡手躡腳走路的樹蜥，在穿行草花間時都會感受到散步的快樂。

小溪的心情，卻是一隻魚狗最懂。

牠謹守在岸邊泥坡雜枝上，斜著頭看著總是成群嬉鬧的綠繡眼飛掠頭頂，卻仍不動聲色地陪著小溪坐到黃昏。偶爾起身活動筋骨，閃現著寶藍電光般的身段，快速沿小溪急行；能裹腹入口的小魚或帶有濃厚的泥土味，但滿足則勝過一切。

有時小溪受到陰霾雨日的影響，水勢變得湍急起來，魚狗只得淋著雨一旁守望。但大部份歲月是清澈得多，即使菜農藉機前來取水時，會莫名地驚擾牠，不過魚狗總識時務地走開，繞飛一圈後又回到原棲地，忠誠眞摯地與小溪信守相約。

我不清楚牠是否在意麻雀也前來汲水，也是否注意我的冒犯，只是習慣一哄而散的麻雀，應該還不至於惹惱魚狗的清閒自在吧。

但我已暗暗從附近環境的視察中，爲小溪的命運感到憂慮了。

幾年過去了，首先龐巨的推土機初次進逼這片荒廢營區，以更冷漠不可忽視的勢力，大舉攻陷離小溪左岸的大片草原，以非常魄力手段排除地上一切草木、一處不見經傳的水塘和隆起的小山丘，快意地再向前摧毀幾幢破敗不堪的營舍，與兩排高聳入雲的老邁檳榔樹——它們一直是蝙蝠的老家，生老病死全在樹篷頂部的凹陷洞裡。

我聽說會有一條高速公路從營區的邊緣盡處半空通過，所以緊接旋至的卡車、人員都隨著推土機進駐，日夜在小溪旁建立起臨時宿舍。從此毫無寧日的施工，先在被連根剷平卻未及冒出新葉的草地原址，鋪上粗糙堅實的水泥，供應更多的推土機和卡車來來回回滾動，然後是對小溪攔腰而過。

蝙蝠在這三年來不見蹤影，當牠們的天空之城蕩然無存後，即紛紛舉家不知去向。牠們和原本狩獵於天際的小雨燕不同，牠們寧可另覓新天地，以表示對生存環境惡化的無奈抗議，假若蝙蝠們可以舉布條上街頭抗爭示威，那麼牠們必然會群起發出尖銳的不滿。但小雨燕只有一條小溪，一條被攔腰而過，兩旁佈滿菜園和粗糙水泥地的小溪。

我們高公局的官員一定沒有自然生態的知識，所以在指示下的施工人員也對小溪做了一番自認可以疏圳的整修，就如同對付任何一條溪流一般，用最易得的水泥把小溪底部填滿，再加厚添高溪岸，完全改頭換面，自此儼然變成一道制式的圳溝了。這就是官員一向對付土地的方法之一。但是，魚狗和花草都明白，小雨燕不只渴望水源而已。

無須猜測，也無須探看，我清楚的知道魚狗對一道新圳溝毫不領情，牠明白一旦小溪的泥土不適合小魚生存，那麼牠也沒有什麼留戀的必要了。

番鵑、樹鵲，以及尖頭鷦鶯的命運也好不到哪裡去，在小溪兩岸一百公尺之內，牠們再

也難尋立足之地。果眞牠們勉強留下，那麼牠們一個撲飛出去，不是落在毫無遮掩的菜園上，就是讓燙腳的水泥地困擾著細小的足爪。由蟲鳴頻率的判斷上，再能適應的麻雀也明白小溪旁的食物減少了。

如果不經意失足掉下圳溝的樹蜥，試圖想奮力爬上高築直立若懸崖般的岸，也得多費一番力氣才行，但已找不到蝶蛾的新鮮美味，何況溪岸的樹再也沒有重生的機會了。

我在最近的一段日子，總還不死心地回到舊營區，順著顚簸、積水的小路經過，耳際依稀可聞遠遠新建高速公路上傳至的呼嘯車聲，那道尖白橫越高立的路基，如今對著原是荒蕪只有鳥雀草樹的野地狠狠一切，也切斷了多數鳥雀草樹的親密關係。

轉個彎，我站在圳溝上，小溪的原貌消失了，圳溝在高速公路下也轉個彎，然後緊跟著它一路伸展而去。

夏季，圳溝有時是全然乾涸的，陽光照著它發亮，但空無一物。我們的官員應讓去問問一根從過去小溪上伸出的不起眼草莖對魚狗有多重要，儘管官員有權力把小溪變成醜陋的水泥圳溝，也在自己的功勞簿記上一筆，卻不曾去想想冷氣的辦公室裡又能做些什麼。

同樣的夏季，我曾來來回回於小溪邊的樟樹下追蹤翠翼鳩的紅足，牠像小溪的罕見，卻往往被樹下坡地密佈的灌木叢所阻，而懊惱不已。樟樹傲然獨立山坡上，它也是其他斑尾鳩群起群落的絕佳觀測台。但除非我能沿著溪岸走來時就噤聲，否則一離開小溪，白頭翁就迫不及待幫著向翠翼鳩發出警告了，這時連魚狗也會順勢循入小溪上游，遠遠避開我的監視。

蜻蜓倒是不甚在意地在我四周飛飛停停，牠們樂於以小溪為中心，沈沈浮浮自由自在。菜農曾在小溪上搭一段簡陋的木板便橋，若通接便橋，翻過圍籬，就會驚起數群亂竄四散的白腰文鳥，但要好好視察小彎嘴的話，那得退回便橋，跟著小溪向前走幾步，彎下腰，躲在路邊突出的芒花叢才行。

若是要獲得山紅頭的信任，那非得繞過小溪，悄悄順利抵達那被剷平前的山丘下不可，在那裡的山紅頭生性多疑，能耐得住長時間的寂寞，以及閉上嘴，山紅頭始會輕輕掀動頭頂的一撮紅冠，打扮好之後出門見客。

果真雨季來了，那麼山丘下的低地，自然形成隱微的水塘，淹過每一株草莖半身，此時只有像輕巧的褐頭鷦鶯，才會愉悅地上下搧擺細長淡橄欖色尾翼，向小溪傳達一場小小的氾濫即將到臨。

小溪取得水塘的支援後，最值得雀躍的是溪魚，免費的大量浮游有機物充斥在溪水中，也讓得知訊息的黃鶺鴒紛紛趕來搶食，與魚狗分享意外的收穫，在表面看起來清淺的水邊泥地上留下凌亂，但屢有斬獲的一串串足跡。

這是一條已逝去小溪的生機。水汛之後，泥濘的溪岸恢復褐色的形貌，換來的是萬頭攢動的黑色蝌蚪，聚滿未退淤積的小坑洞裡，再過一段時日，如夜晚專程路過即可清聞震耳蛙鳴了。逝去的總是最美，無奈誰也沒能好好保存，圳溝也就永遠無法取代小溪。

因此，當我依然回到小溪的原址，圳溝已沒話可說。

一隻黃鶺鴒再度駕臨圳溝時，牠落寞地沿著高落差底部空蕩水泥地飛飛停停，開始懷疑這一趟是否白費工夫了，熾烈日照曬燙牠細長的足，彷彿催趕牠儘速離開似的，如此沒有所獲地逛了一程，牠清幽地啼叫一聲，振翅急急躍出圳溝飛遠了。

這一條原被看好的小溪，往後有很長很長的時光無法改變命運，但換做一道水泥圳溝，又能有什麼作爲呢？

被圍困的樂園

一隻黃白小貓出現了。
盯著頭上來來去去翩飛的白蝶，
乍然伸出敏捷的手掌，
企圖捉弄著行蹤不定的蝶影。

人年紀越長是否越獨好調子越緩慢的旋律，是否越獨愛較平靜的歲月，是否越獨近思索的環境，我不知道。但至少我和時光都冥冥中知道，一旦我抽著煙，裝出慣有的某種悠閒，站在或陰或晴的四樓窗台邊，向下望著一塊侷促於熱鬧都會裡的荒廢土地時，我明白自己內心深處所嚮往的種子是應該種在什麼土壤中。

事實上，有無數的種子不知從何時開始，就隨同落下的雨或吹送的風，遠從數十里外，被無從選擇地淩越都會所有的屋頂，悄悄的送到這空地上，開始進行所謂生命的新旅程。只是絕大部份的種子在我尚未看清楚它們之前，便煙消雲散了。

相較之下，絕對幸運的極其少數的種子卻找到自己卑微的容身之處。我也相信，倖存下來的，有些是從近在咫尺的附近老舊屋瓦上傳播而來，也或許是由幾步路外的安全島的小小綠地連滾帶爬，被走動腳步所引發的纖弱微風牽絆而來，然後固執的選擇可以落地生根土質，安身立命居住下來。

於是，對這些毫不起眼的種子而言，長約三十公尺、寬二十公尺的一塊私人空地就成爲它們最佳生活的基地。同時看起來，這塊荒廢已久的空地似乎比我最初想像的還荒廢得久遠，其原因是產權屬於多人所有，所以才久久無法妥善處理？還是爲了等待更好的開發時機或價錢？我無法找出眞正的原因。

它位於三面由老舊高樓圍起的區塊，第四面則顯然被地主以波浪鐵皮嚴厲的困住，形成無人能侵入的空間。高過一人身高的波浪鐵皮緊緊沿著小巷的私人產業邊緣直直豎立，能越雷池一步的只有被吸引而來的紋白蝶，以及其他的栟蝶。

我靜靜地站在窗台邊，無聊的觀察。

冬末不歇的雨勢，毫不客氣地挾帶寒風餘威鬱鬱的籠罩這荒廢之地時，所有不死的種子早已取而代之，用尚稱綠意的勢力靜靜佔領，並且紛紛揮著綠色小手搖旗吶喊，向外界宣稱它們是多麼的果敢與堅韌。不過，它們的優異表現，似乎僅僅引發了我的注意，對可能見到它們存在的窗子卻都緊閉著眼。

在我想來，它們有值得自豪的地方。

此被圍困之地，最早是房屋拆除，留下堅實水泥地，時間用厚厚的塵土鋪蓋上面，雨水則將厚厚的塵土踩成密硬的泥土，當弱不禁風的種子光臨此地，就得開始進行辛勤的開墾，深入最上層的密硬泥土，再滲入第二層的堅實水泥地，最後在第三層的泥質中佔有自己的一席之地；果若不然，至少也得在上層的泥土裡七手八腳地緊緊抓住才行，並撐過風寒。

和往常一樣，初春偶爾溫暖的陽光斜斜敲開天空，又斜斜來到這荒廢之地，爲所有健壯的苦苣菜、羊蹄、臭杏、長梗滿天星、車前草、白茅、昭和草、咸豐草等等致以慰問之意時，我希望我是一隻識途老馬的蝶，上上下下在其間飛舞。

但是，我也只能高高站在窗台邊，閒適地向下望。

一隻黃白小貓出現了。黃昏時，牠興致勃勃地溜出主人為牠架好的木板橋，在鄰近的低鐵皮屋頂上，盯著頭上來來去去的翩飛小傢伙，乍然伸出敏捷的手掌，又跳又滾地試圖捉弄著行蹤不定的紋白蝶而一事無成，春天果然是誘人的。不過，牠太小了，不僅主人不怕牠走失，牠自己也無膽量躍身投入那看起來軟綿綿的綠草中。於是，等牠玩夠了，牠也只能怯怯地向下眺望。

那的確是令人艷羨的樂園。一處似乎被時光與人們遺忘的樂園，一處被圍牆與都會團團圍困和遺忘的樂園，但只有季節與貓、蝶、野草、野鳥和我沒忘記，這麼一小塊象徵荒廢又表現活力，不值得人們多看一眼的都會野地，若非拜地主不經意特殊緣由之賜，又豈能自成豐足綠意？

春日一開始啓動它年復一年的轉軸，咸豐草黃白花朵已隨之更大量的盛放，黃鵪菜黃色頭狀花更挺直莖梗搖曳作勢，包括野莧菜也各以小族群落的方式各自營生。如果注意看，也容易從邊緣的牆角觀察到散居的各種蕨類植物，它們受惠於由牆壁所滲出或水管排放的水的滋潤，而與其他植物相互抗禮。

既然沒人願意闖入這片刻意暫時放棄經營權的樂園，那麼它又成爲另一隻大野貓嬉戲休閒和小盹的私人天堂。無人打擾牠，即使緊靠著波浪鐵皮圍牆最近的麵攤所傳至的特有飄香，亦無法誘惑牠心動。晨昏最美妙的光陰，有著深磚紅、黑、白色的大野貓就從牆頭一躍而下，輕鬆地遊蕩到此地，視若無人的或臥或跳或坐，或將背脊盡可能的在草地或草莖上摩擦。牠在樂園追逐蛺蝶的功夫更是一流，先運用掩蔽、潛行、埋伏，再爆發威力，往往嚇得蛺蝶四下逃竄；有時，牠的策略成功，會在躍出又落地的瞬間拍落一隻倒楣的蛺蝶，閒來無事地戲弄一番。

如果可以，牠也會找白頭翁或家八哥逗弄追逐，只是一向徒勞無功罷了。

我曾留意到，這片樂園似乎是家八哥築巢的另一處好地點。進進出出頻繁的家八哥總在茂密野莧菜下走動，但不排除對大野貓的警戒。這些家八哥在都會裡已學會謀生之道，同時懂得自保，或許牠們對這小小的樂園並不覺得盡如人意，對那嬉鬧無度的大野貓亦無好感，但這彷如封閉式的樂園彷佛又比安全島來得安全。

假設，牠們需要度假、閒逛，那麼只要弄清楚大野貓的作息時間表，即可大大方方、毫無禁忌的在這樂園裡安然的休憩。而我還是只能高高在四樓窗台上觀望。

觀望，有時暗中埋藏一絲絲的愉悅，和探究事情原委的動力。我一直將它當成生活歲月

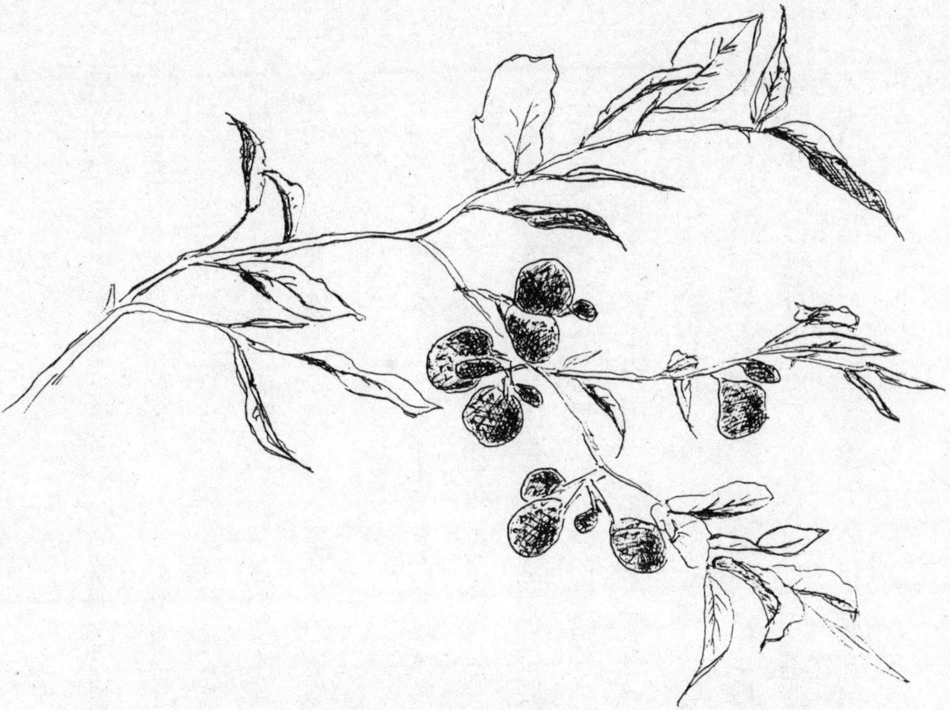

的一部份。我看著小巷人來人往，看著被圍困的樂園，想著一首喜愛卻又哼不起來的慢調子旋律，想著奔波在都會的年輕時光，悲喜總是充塞，總是匆匆而過；接著，又得重新面對未定的未來而亦悲亦喜。我們一生中都在觀望什麼？我們不夠努力嗎？我們因挫敗而有所選擇嗎？一隻白頭翁落在一枝細柔的昭和草莖上，重重壓下的重量，直直讓草莖重重彎下腰去，牠努力揮動翅膀試圖穩住身子，但此時大野貓已悄然撲躍而至，逼迫牠只得立刻在驚魂未定中倉皇離去。

當森林意味著生機與危機，這縮小型的森林似乎也意味著生機與危機的同時存在。但促使諸如白頭翁不斷視爲可歇腳的這不見經傳的樂園，能找到安全的落腳地，恐怕就得適應大野貓似的威脅。

這畢竟是一處難得的樂園。地主好像尚未對它做出任何不利的處分，閒雜人等亦未能對它施予過度的侵犯，我只見有些空油漆桶、空寶特瓶和被丟入的垃圾，以及廢置的木條，礙眼的與超過五十種以上的野生植物同在一起。其中佔大面積的眾多木條，顯示它們是被從隔壁鄰居窗口所丟入的，七零八落遺留著，但假以時日終究會被野草掩蓋，至少輕微的傷口大自然是可以自癒的。

若在四月晴天有風時，那也會是白頭翁大顯身手的求偶良機；附近的雄鳥於雌鳥停歇的一旁愉悅叫著，快速地半張翅膀以突顯自己的企圖，如果效用不彰，雌鳥不領情的掉頭而走，雄鳥即亦步亦趨緊跟不捨，在樂園附近飛繞，向天空宣稱愛情季節的來臨。關於這點，昭和草則以不太惹眼的纖毛迎風飛舞，採纖細降落傘大舉揮撒之姿，尋找萬中選一的愛情。

這些有著蓬鬆白纖毛如一個個極小型降落傘的果實，輕盈飄蕩在風中時，始終未引起人們的注意。小巷的人們只顧著低頭，或聊天、或警戒他方來車地走，毫不在意掠過樂園圍牆，又掠過他們肩上、眼前漂浮而過的昭和草極小型降落傘果實。這都會裡即使多了一塊此般的樂園，也絕對不會比政府所規劃的大公園來得教人信服、在意。

但是小黃貓在天氣好時，卻十分在意樂園裡一切生動的變化。牠趴在兩人高的鐵皮波浪板屋頂前緣，前腳支著頭顱，豎起耳尖，向下盯著任何微細的變化。

好奇是牠成長的養分。包括昭和草極小型降落傘果實在內，牠好奇得專注，甚至將頭腳危危地伸出屋頂前緣，掛在半空中，只差大膽的縱身一躍，就能放肆地在樂園裡適意的玩樂。不過，小黃貓畢竟太小了。我想，若牠有選擇的話，牠會更愛更在意這被圍困的樂園吧。

一隻家八哥從一株變葉懸鉤子的底部溜出來，而不久前我才見牠匆匆跳著走進去；我也留意到，一隻紅紋鳳蝶悄悄輕輕的，不費吹灰之力即越過圍牆，加入樂園的景色中。臨著四樓的窗台，我的視覺則駕輕就熟地從天而降，可以快意的遊走，這時我始感到竊喜一些。

荒野山谷

我想我已身陷在一處陌生山谷裡，
即使在過去的一段歲月裡站在山谷上，
遙望山谷是那麼美麗，
如今一旦置身其中，
反而被一股滯留在山谷裡，
冷冷的風吹得不知所措起來。
我初次深深感受到荒野，
原來還保留著一種懾人的內涵，
隱約不容得侵犯……

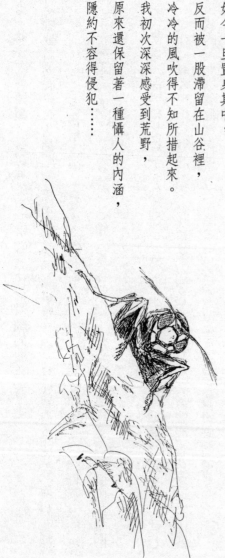

在決定冒險一探山谷之前，我整整考慮了兩週。因爲在山谷形成的茂密樹篷，像謎一般掩飾了山谷所有的秘密，而且我是在一種近似有勇無謀、無周全準備的情況下，決定冒險一試。

說得眞確一點，潛藏在山谷樹篷下的神秘，長久以來就藉用每株樹向上伸起的枝葉，紛紛向我招引。倘若我想一窺究竟，誰也幫不了忙，只有勇氣和好奇能協助我的腳推動著，才能親身揭開它不可測的謎題。

事實上，我只需小心翼翼沿著幾呈七十度陡直的獵人小徑，穿過隨時掩蔽著小徑的兩旁芒草叢，連滑帶溜地毫不介意夏日惱人的山馬蝗和割傷，那麼就可輕易接近山谷的中心地帶。

我的判斷或許沒有錯。一九八七年十二月十二日午間的溫度是攝氏十五度，之前連日的綿綿雨勢似乎有意阻擋我的計畫，但陽光閃耀於山谷樹篷所反照的蔥綠，以及跟著濕氣上升的鳥鳴卻讓我精神一振。

右邊邊坡的芒草叢裡，曾有一隻憤怒的臭狸誤蹈陷阱，在失去一隻強勁敏捷的左後腳後，我就從此不再獲得牠的任何訊息，但是我是最後目睹牠一拐一拐消逝在山谷崖壁矮木叢的人；在芒草叢與另一邊崖壁邊緣，一株完全的枯木曾是一家五色鳥的溫馨小築，當牠們搬遷之後，立刻成爲紅嘴黑鵯和白頭翁互爭的地盤。

通往山谷的獵人小徑，即隱藏在一片芒草叢一端的角落，除了獵人、我和臭狸，以及有心的五色鳥之外，大抵不會有人注意到它。

我戴上手套，小心攀著芒草莖滑溜而下，說是獵人小徑也只是獵人上上下下所踩出的山壁上一條蹊徑泥路——芒草依然從兩旁悄悄地打著收復失土的計謀，如果不行，就用它們的身影將蹊徑泥路由半空中先密密覆蓋，再想辦法把被獵人循跡踩過的失土，企圖恢復舊觀——這樣一條幾乎斜斜高高由上而下的山壁小徑，往往經由獵人再三使用，就留下蛛絲馬跡。

但我猜想，身手矯健的獵人在攀經這小徑時，技巧一定比我高明許多。

冷風將芒草吹得簌簌作響，儘管日照在我心中拂去不少忐忑的不安，但仍不禁對這次冒險感到擔憂。

在這長達約四十公尺的山壁小徑半途，我是被迫以滑行的窘態一路溜下山谷的。

不過，對經常往來的赤腹松鼠而言，恐怕只是幾個起落的手腳伸展運動罷了。

站在山谷的角落，我發現雜木叢生，好像它們找到一處伊甸園般地大量繁殖，也大量地把落葉積存在地上，只有少許的陽光稀疏地穿著樹篷，落在低矮的大片羊齒植物和蕨類上跳動，幾聲熟悉的鳥啼似乎警覺到我的闖入，而緊急噤口。

如果說我已懷著些些懼怕，那確是比附近的野鳥有過之而無不及。

我想我已身陷在一處自覺某種險境的陌生山谷裡，即使在過去的一段歲月裡站在山谷上，遙望山谷是那麼美麗，如今一旦置身其中，反而被一股滯留在山谷裡冷冷的風吹得不知所措起來。

我初次深深感受到荒野，原來還保留著一種懾人的內涵，隱約不容得侵犯。

這種荒野是保存給依存山谷的一些鳥獸植物原住民的。

我嗅著陽光蒸發自腐葉的氣氛，緩緩循著獵人走過的遺跡前進，而不敢隨意對兩旁的禁地越雷池一步，因爲我直覺判斷那是人面蜘蛛或某些蛇類的領地，或者是獵人陷阱的所在。

任何的風吹草動，都會令我駐足傾聽、心驚。我也無從想像，這山谷深處到底隱藏多少生物的秘密，但根據老舊的史料記載，它和附近的山勢曾是早年鹿群生棲的天堂。

但現在寂靜多了，除了枝葉相互摩擦的異響和偶爾竄出的鳥聲，我清楚可以研判它們是來自小彎嘴、山紅頭、少數的紅山椒鳥，而不作聲的應該還有臭狸、赤腹松鼠或其他。

在輕手躡足的行進中，我更懷疑每一片葉片下或樹後，皆可能有一對眼睛盯著我。

殘存的山馬蝗，則用節狀果莢，外覆濃密而微細的鈎狀絨毛般的眾多眼睛，躲在腳旁暗處偷偷跟蹤著我，期待我稍不留意，就密密麻麻毫無聲息地附身在我褲管上。

假使有一隻臭狸不幸與它擦身而過，它也會毫不考慮地緊緊黏在牠的皮毛上，跟上一程。不過，我是沒心情和褲管的山馬蝗計較的，那是它們傳宗接代天賦的任務。

同時，我努力保持鎮定以留意四周的任何動靜，水珠從上層葉片滴落下層葉片的輕響、山紅頭的細細小腳踩在落地枯枝上的瑣碎作響、一陣山風吹動樹篷掀起的嘩啦啦聲響，以及我自己的鞋子陷入泥濘再汲起的脆響，如此的探險竟不覺令人緊張起來。我已隻身陷入全然陌生的山谷神秘之中，也發覺望不見下到谷底的小徑了，芒草像拉鏈般把小徑拉起來，讓人找不到破綻。那麼就在太陽下山前繼續前進探索吧。

在看似空曠卻由各種植物佔滿空間的山谷裡，望遠鏡已無用武之地，因爲近距離的枝葉即在我周遭層層疊疊生長著。

假設我是隻赤腹松鼠，那麼只要停下腳步，豎耳傾聽，就能清晰地分辨在三尺內何者是小蟲啃食樹葉、或果實在風中摩擦的聲音。

所以，我蹲下來，風卻在植物枝葉底層完全靜止，若是黃昏之後，那必然是像臭狸飽餐後，拖著鼓鼓的肚皮散步的路徑。但我更相信，出入這山谷的獵人絕對比臭狸狡猾多了，他們不僅能追蹤到臭狸的路徑，也瞭解竹雞和野鼠行蹤，這時只需陷阱的等待就夠了。

相較於我的駑鈍，我曾在同一蹊徑上往返觀察附近的鳥類，卻未料到一只完整的鳥巢就在我舉手可及的低矮樹叢中而感到汗顏。

獵人對荒野的瞭若指掌，顯然就如同行走在山谷裡，總清清楚楚每株樹上或樹下藏有什麼動靜，甚至一草一木。

這事很快就證實了。就在我蹲下期望有什麼發現時，輕巧的腳步聲已靠近，而會下到山谷的人只有我和獵人。幾句山紅頭輕哨在數步遠的草叢內吹起，然後倏然而止，我經由迅速腳步聲的移動，確定獵人的走向之後，立即懷著好奇跟上去。

我想，也許可以暗中取走幾個陷阱，至少對我的冒險也是好事。在綿密的樹篷下，光線更形詭譎，而我的腳程很快證明比獵人遜色得多。

轉過兩個彎，我馬上又確定一件事，獵人似乎完全不理會四周的情況——這樣說吧，他對任何蛛絲馬跡的景況早了然於胸，也許從草偃的方向即能判別是否爲臭狸走出的路徑——接著，獵人大步跳過兩塊長滿苔蘚的大石塊，矯健的腳程，無礙於背後沉重背包壓力。

在我遲疑著是否繼續跟蹤時，只見他已面對一片岩壁，轉眼間即登上岩壁，消逝在頂部的樹叢中。

我望著他遠去，而無法想像一個眞正獵人神出鬼沒似地在我眼前消失。

他又如一隻嗅覺敏銳的臭狸，總知道獵物在哪裡。而我，卻依舊笨拙地四處張望，搜尋臭狸傳來的異聲。

終於，獵人如入無人之境從我的好奇中失去蹤影。我不知道這山谷除了我之外，還有多少獵人和陷阱在探索它的秘密。

一隻野兔的出現，可象徵一種荒野的程度；但是不知數的獵人出現，又代表一處山谷有多少危機？腎蕨、栗蕨等葉尖逗留著陰濕的水珠，盯著我的一舉一動，陽光移進山谷後又很快爬上山壁；一隻黃蜂碩大的屍體寂寥地自己掛在樹皮上，強壯的黃色足爪依然緊緊地勾著，像釘在樹上的一塊警示牌，警告生人勿近。

這是一株高大壯碩的山手櫸，扶疏的樹篷支撐著山谷幽靜的歲月。

伐木工人曾在過去的時光裡，在山谷附近大肆動手，如今又沈寂下來，因爲幾幢高樓別墅儼然成形，山谷僥倖存活下來了。

黃昏，開始又在山谷營造原始的律動氛圍。也許我該回去了，留給林鳥安睡的夜晚。

但面對整片山壁的芒草，小徑彷彿被風用芒草把拉鏈拉上，而遍尋不著。荒野山谷就是這樣保持原始形貌的嗎？一種畏懼也開始在我心裡作祟，最後幾句高亢叫喊歇息了的白頭翁聲音，在趨向強勢的風中顯得急促。

我試著攀往芒草，不分方向地往上爬，如同卑微想要活命的一隻甲蟲，重新闖出新徑另尋生路。在那一刻裡，我卻也不如任何野生生物，能悠遊存活在神秘山谷，反而像遠離荒野許久後，再接近的近鄉情怯，而有莫名的矛盾。這又恐怕是山谷所不解的。

岬角的山丘

每一隻叨擾著耳膜的雲雀，
神出鬼沒從鋪滿山丘的草地上掠起，
直直順風急促拍著短翅，
啾啾又迎風振翼留滯於半空中，
然後傳下悅耳但高亢的啼鳴，
彷彿提醒整片山丘不得臣服於勁風的壓力下……

我們快速迎著遠從台灣海峽吹至的強勁風勢，拉緊帽緣往前走，準備越過一片臨海的山丘。

由毫無遮攔的山丘一路吹過來的海風，在過去的數百年間就不曾改變過行進路線，直接打上崖壁，再一起身即勢如破竹般橫掃整個平坦的山丘，一波波呼嘯地將草莖往同一方向捲去，又一個飛躍便急急掠下另一邊斷崖，逍遙而去。我們趕路去探看宛若山丘盡頭如岬角上的小燈塔，尋找拍攝的景點。

像澎湖任何一座小島，或任何一處臨海的山丘，只有謙卑的小草低著首，努力地活著；有時在較佳的季節裡，少數天人菊和黃色細碎花朵給季節性的山丘表面，三三兩兩塗些色彩，或者在夏日裡無懼烈日，一逕釋放去年蘊藏在體內的陽光，藉著罕見的花簇散放無比魅力的仙人掌過人的巍峨崇高般姿態，向每一隻跌跌撞撞而來的粉蝶宣示其吸引力。

我放緩步程，蹲下檢視在仙人掌群落間安然等待獵物上門的小型蜘蛛，牠們是如何架起毫不起眼的蛛網，以及如何適應強風的。

從背風面所有突出尖銳的仙人掌針刺間，蛛網形成多重的陷阱狀，越往仙人掌基部其密度也越大，相反地在最易接觸風勢之頂部則破敗不堪；但顯然即使如此，蜘蛛的績效亦不差，迎風飄動的蛛絲像不經意伸出的觸手，施行或然率不高的獵捕手段，但不耐風吹卻貪食的粉蝶或小蟲，只好企求自己有好運氣能從綿密的網中七手八腳地逃出來。

對生活困苦的蜘蛛而言，仙人掌賜予牠的是難得的昆蟲小點心，但能給仙人掌的是雨天裡幫著用絲網多留些水珠。

每一處仙人掌的群集都相隔一箭之遙，或更遠。它們如何在終年強風下播送種子的，我並不清楚。尤其要建立一處新據點的開始，是由粉蝶傳遞的或由雲雀代勞，總令人生疑。由人爲的種植也有可能，因爲要取得相關仙人掌果實的液汁做成食品，似乎是澎湖當地正紅的特產。但是，雲雀來了。

每一隻叨擾著耳膜的雲雀神出鬼沒從鋪滿山丘的草地上掠起，直直順風急促拍著短翅，啾啾又迎風振翼留滯於半空中，然後傳下悅耳但高亢的啼鳴，彷彿提醒整片山丘不得臣服於勁風的壓力下，一遍急過一遍，以牠們爲代表，用嘹亮的歌聲抗拒撼動的風聲。

我抬眼搜尋牠們，牠們就襯著蔚藍的絨布天空，以小小的身影威風地此起彼落，紛紛展現一股不可忽視的聲勢，也告訴我已逾越了牠們的領地。

我在最近的一處仙人掌群落間未尋獲雲雀的巢，但從仙人掌針葉上殘缺的痕跡，和散佈著白色穢物污點上看，雲雀可能對能稍歇於仙人掌上已十分滿足。

當風不停掀翻著牠們柔弱的纖羽，當牠們駐立四顧於仙人掌的頂端，一腳緊扣著葉脈，一腳斜斜撐在針刺上時，牠們一定覺得粉蝶、蜘蛛都是共患難之友，同時慣於伸長脖子眺望的習性，因有了仙人掌藉以落腳而節省了不少體力。

我們繼續頂著風前進。

一小群牛隻沿著陡立的斷崖旁安適地享用青脆的綠色午餐，看也不看我一眼，牠們幾乎可以在這大片山丘上做任何喜歡的事，包括興起時把雲雀統統趕到天空去，而一點也不在意啾啾的抗議。

但顯然牛隻在破壞雲雀的棲生地的同時，雲雀還維持某種程度族群的數量，至少牛群通常也不太愛在多風的山丘上逗留太久，好像只是前來這邊探看欣賞一下海景，邊吃草，又走了。

因此，當我們東倒西歪地走過來時，唯有呼呼的風力，颳著全身衣襬裂裂作響，擺出拒人於千里之外的陣勢。

於是，我想到以三天搭船跑遍澎湖北方各離島，同樣的土質山丘、同樣的草原雲雀，也有同樣的風勢藍天，遊艇快速巡視在各大小離島的海域，有時搶灘只爲了尋找完美的沙岸，有時短暫的停靠只是爲了幾幢傳統的古厝，有時泊泊的繞行只爲了一片玄武岩的景觀；於是，我們匆匆的走馬看花，憑著印象去記憶所有眼見的地形位置，卻沒有多餘的歇息，去判斷從小碼頭橫掠而過的大型海鳥，牠的小腳到底穿的是什麼顏色的靴子，也無從去分辨離島和澎湖本島的雲雀有何不同。

我幾乎是馬不停蹄地繞過一個島、走完一片海灘、越過一座山丘，繼續重複著，然後又急急搭船前往下一個離島，又開始類似的行程，天暗了翌日一早再出發。

但是，我已益發想念雲雀了。

在多風的西嶼最邊陲的一角，雲雀照舊活躍如天之驕子，牠們寧可放棄滿地草原的豐厚美食，也要搶盡風頭扶搖直上，在風中大鳴大放。我只能仰望牠們，然後看瘦了脖子而羨慕異常。當牠們偶爾落在仙人掌上，也一樣撐直身子，頭羽昂然表示牠們這些風的孩子是如何不可忽視。

我有意放緩腳步，但仍然踢起一些草莖的種子，和四散逃逸的小蟲。

我相信到了夜晚的山丘，蟲鳴一定比鳥聲熱鬧許多，但是我們不一定清晰耳聞，因爲從不歇止的風總會控制整個山丘的局勢。在這個局勢裡，風全面地掌握一切包括屢戰屢退的海浪，以及不單純只靠燈塔強光指揮的船隻，其厚實的實力使它成爲象徵性的自然力，也因特殊地形變成觀光的吸引力之一。

風增強時，先幫雲雀擦掉天空多餘的雲層，讓出蔚藍的背景，教雲雀啾然飛舞在其間時更顯神技的超卓。我走向岬角邊緣的小型燈塔時，四周響徹著午後雲雀歌喉的交響曲，這樣聲勢不凡的曲子要停到夕陽落盡，才會逐漸沈寂下來，而後讓風來接手。

因此，不論我是扶著燈塔的圍牆眺望，或是小心翼翼繞過斷崖邊的石陣，依然可見到急著表演風中飛舞的雲雀，從崖壁的草堆中，或沿岸的岩石中撲竄而出，期望在最後一抹餘暉消逝之前，再一次顯示自己技術高超的飛行能力，在越過燈塔頂端後益發鳴啼不止，好像每次的表演都得比上回更精彩才行。那麼，我還有什麼話好說，只有不發一語光看的份。

每一隻生活在多風山丘的雲雀，比誰都清楚要如何迎風而起，如何巧妙地運用翅膀，如何安全降落，牠們也似乎比誰都瞭解爲何獨獨要選擇這種地理環境生存。但是直到目前爲止，我還不知道牠們爲何非得在風中啼鳴才過癮？

如果，這片草原山丘不遭到破壞，那麼百年之後，它還是雲雀和風的天下。

我轉身往回走，感覺好似又逆著風，卻不如雲雀那般自在輕鬆。仙人掌群落的葉肉與葉肉針刺與針刺之間掛著不規則、看來破敗的蜘蛛網，對這些潛藏的小型蜘蛛而言，牠們也許並不需要耗費太多時光去細心精巧地編織一張大型且結構完美的網，同時只需要勉強裹腹的食物即可。

在山丘，生活似乎十分簡約，雲雀在塡飽肚子之外，就只有高飛歌唱。

小燈塔的守衛者想必也只有聽海餐風的日子。守衛者對於前來參觀的人，表現得一點也不熱情，就彷彿雲雀每天做著例行的工作一般，也懶得探頭看一眼。在回程的路上，我隨意踏過山丘的草原，顯得弱小的幾叢天人菊懶散散分佈在各處，我相信那是小粉蝶或風力的傑作，但絕大部份的種子和花粉都在落地前就夭折了，既使少數有幸能存活下來，也只能在地勢低窪的背風處畏縮地成長。

雲雀仍快意地撲飛於半空的強勢作爲風力中，在那裡牠們並不須隱藏身影，因爲多數的人們也不在意牠們。

這樣山丘的岬角，所有的一切生物一定活得極其閒適，至少是許多人傾羨的。至於雲雀，在另一處空曠地不是高飛就是疾跑，而在這裡不是飛累了叫累了，就站在草莖中伸長頭顱四處觀望，從不擔心什麼。

海島最南端

要活得輕鬆有兩種，
一種學學鳥雀，
一種是在有陽光的地方工作；
但要在早晨醒來時覺得輕鬆有兩種，
一種是學學紅鳩的生活哲學，
一種是在海島的最南端工作。
遺憾的是我都沒有，
也忘了帶望遠鏡。

完全不具一點幽默感，卻陰晴不定的天氣，經由氣象播報員告訴我們，隔日的寒流壓境，並且帶來水氣。

從連著的三個夜晚，海風跨步而來，呼呼狂作震撼著鬆動窗子的氣勢看來，這樣海島最南端很可能依著氣象播報員的預測，會有不同於往常的變化。但是，這種預測，包括對鳥雀的因應天氣之道嗎？

我早早起床，風勢確實稍弱，但是天陰得像沒洗乾淨的抹布，罩著陽台正對著的大尖石山，還偶爾滴著細雨，經過風的吹襲，大方地斜斜刮進陽台一邊。

我收拾起掛在陽台衣架上的涼鞋，涼鞋隔了一夜就風乾了，只剩留在隱密間隙裡從沙灘上攜回的細碎黃沙。我很快做下判斷，如此又寒又濕的天氣，一點都不適合鳥雀的翅膀。

不過，或許鳥雀的判斷比我和氣象播報員來得準確。這麼說好了，牠們並不認爲這種惡劣天氣可以持續半日，所以一隻紅鳩鎮定地蹲在電線上。

但現在是做做早操暖身的最佳時刻，因此側著風雨站起來，先打開左邊羽翼，用力和尾翼撐至最大弧度幾回後，再輪到右翼。

如果，我可以看到牠的早餐菜單，那麼也許是一些榕樹種子吧。不過，我能肯定，牠絕不是夜宿在電線上的，否則會無法躲過這樣寒濕的侵襲，凍僵而掉落草地上。

那麼牠是更早我起床了，是打頭陣的寒流將牠從茂密的榕樹中凍醒，索性就從溫暖的被窩裡出來，讓腦筋也清醒一些，順便蹲到電線上去探視這道首經南台灣的寒流威力，到底能給自己全身的羽毛造成多少影響。早晨八點一刻，我趴在陽台欄杆上俯視著牠，一側臉，三隻紅鳩也擠在電線一端的同一電線桿上了。

寒流只會讓人深深地意味著溫暖的必要性，而對任何一隻沒有多餘禦寒衣物加身的紅鳩而言，溫暖的定義是互相挨近在一起。此刻，我已將行囊中所有的衣物穿上，但我想還需要一些暖氣。

爲了多些暖氣，單獨的紅鳩也在不久後加入電線桿的同伴中。

如今，牠們全有了被擠落的危機意識，紛紛站立依偎在小小的空間裡，好像儘管這麼做並不太舒服，卻還是利人利己的事。

在這個已全然進入冬季的時節裡，大多數的天氣即使晴或陰，但我已在天空找不到雲雀了，牠們此時的行蹤變成一個謎，當一月的風挾帶太冷的寒意時，雲雀似乎從整個海島最南端的岬角和草原上消失了。

有人臆測，雲雀應可能移遷至背風面的狹窄東海岸附近。

而我不敢斷言，那會是怎樣的景況。紅鳩並沒有走，甚至沒有離開的意圖，牠們似乎能預測，在防水的羽毛衣被吹乾之前，帶雨的寒流就會過去。

這是第四天，也是最後一天早晨我們留在旅館裡。在過去的兩天裡，天未破曉即整裝趕赴海邊取景，那時的紅鳩倘使願睜開眼睛，就能明白沒有家累和沒有工作壓力的飛行或索食，其實都比我還打著呵欠更輕鬆。

要活得輕鬆有兩種，一種學學鳥雀，一種是在有陽光的地方工作；但要在早晨醒來時覺得輕鬆有兩種，一種學學紅鳩的生活哲學，一種是在海島的最南端工作。

遺憾的是我都沒有，也忘了帶望遠鏡。

假使有望遠鏡，當然可以輕易見到陽台下的榕樹種子，是否被紅鳩視爲最美好的冬季佳餚。

我最想念的早餐，則是一瓶剛來自牧場的新鮮牛奶，和六個鍋貼。榕樹散佈在一處大尖石山山腳牧場的附近，成爲晨起紅鳩散步的地點。

我可以遠遠看見那圍著柵欄的牧場，數隻乳牛閒散地坐臥在風中，其他的牛隻被幾株榕樹的寬敞樹篷遮蔽，顯然牧場主人也沒有牽著牠們到鄰近牧草地去活動筋骨的想法。

或許，牧場主人也意外地需要一些暖氣，多睡一會兒會更舒服，哪怕醒後已太陽高掛，驅逐了寒意。

但願我能居高臨下見著他，提著牛奶的桶子由牛棚裡快步地走出來。

紅鳩既然對牧場的新鮮牛奶不感興趣，那麼除了榕樹種子外，牠們也大可選擇草原上的草籽。

不過，現在牠們卻寧可留在榕樹的樹篷，先避避寒流的風頭，彷彿昨日白天的陽光依舊被收藏在樹篷裡一樣。

當寒意逐漸加強，電線桿上的紅鳩也做了共同的決定，各自散開，尋找最熟悉的樹篷落腳。牠們可以等待，陽光一直以來對牠們並不苛薄。陽光，對海島最南端始終是最寬厚的賜予，每一對翅膀皆熱愛它，人更視之為生意上最親密的夥伴。

尤其在特定的假期裡，陽光如翅膀閃耀時，總會吸引無數的遊客，即使在夜晚也是。不過，意外還是會發生，如罕見的寒流就做了例外的示範：遊客不再早起，商店未營業，紅鳩通常緊縮著尖褐色翅膀。

我對牠們後頸的黑色頸環，特別留意。

大尖石山的輪廓，因為風，仍然明顯地矗立，我遙想應該在那綠色山腰的林子裡，還有許多紅鳩的族群吧。氣溫繼續降低，但雨歇止，潔淨的空氣更怡人。

一隻小鷺嗒嗒嗒出現在榕樹下的灌木叢，見四下無人，便留在草叢上等待同伴的回應，牠一定是趁雨停出來探看有何災情的。我幾回光臨此地，但往往錯失最近的風景，或許是習慣把頭抬高，把眼光放遠之故吧。

如果只顧盯著大尖石山的大片綠意，那失去眼下的一隻小鶯，也是令人遺憾的。所有的遊客一旦醒來，即趕著出門，無視陽台下這被忽略的小天地，被一排長長旅館與山勢圍起的某些鳥雀專屬似的世界。

因此，關於一部份鳥雀世界的書，總是由自然保育觀察工作者，或鳥類觀察者在風雨中寫成，卻由坐在有暖氣辦公室的保育官員編製的。

紅鳩可不管這些，在寒冷透衣的早晨，牠們因翅膀邊緣不具細密突出物而飛起來獵獵作響，隨著時間消逝並不太安分地在各處榕樹上移動，有的掠向牧場，有的投身向大尖石山的林子去。

當初是誰選中了榕樹而不挑別的樹種？倘若問起當地原居民，也是白費心機；也或許第一顆榕樹種子埋在地下時，第一家旅館尚未豎起柱子呢，那也該在國家公園成立的法規條文之前，紅鳩已成群自由飛繞在這些榕樹種子上的天空了。

氣溫持續下降。在旅遊旺季，絕大部份的遊客將目光注視著街上的T恤、飲食和沙灘碧海時，似乎全然不肯相信造成旅遊的因子，也許包括無聊而閒適地在陽台上懶懶地坐一會兒，也許一株榕樹用它常綠的碟狀神祕物體，載著無數自然秘密，在氣溫持續下降的某個非假期的早晨，正等待遊客發揮觀察力。

一小群紅鳩也循著毫無變化的路線，在海島最南端的一隅過自己的生活方式。飛往大尖石山去的，或是訪友，那大抵就陪著靜靜蹲在某株榕樹枝椏上，除了天氣和食物，就沒有什麼好聊的。

倘若沒有遊客發現近在咫只的這塊不見經傳的野地，那更是幸運，所有的紅鳩可能心裡皆暗自互賀，不被打擾正是牠們立在風中的石碑。

當我關心寒流時，我一定沒把這專屬紅鳩的世界包含在內，因此竟然在早晨的陽台上驚喜於牠們的現身，彷彿氣溫下降只讓牠們多拍拍翅膀罷了。

不過，我正準備離開，沒向旅館老闆提及窗子鬆動的事。但紅鳩的預感確實比氣象播報員的專業知識更精確，雨一旦停歇，接著很快就會恢復天晴，掃除一些涼意。

當我們結帳下樓，開著車子順暢駛出猶然安適的街道，閃掠車窗外的海景遠天已現出縷縷陽光，它勢必像紅鳩所預測的，很快敲醒每株榕樹裡的蟲，和地上的種子。

我也相信，紅鳩在風中若有第二塊石碑的話，上面一定寫著「風雨無晦」。

我們離開了，寒流裡的陽光如紅鳩的雙翼，已振振撲飛，也敲醒了早晨的街道，在我身後起床。

藍光

黑枕藍鶲的藍色背影，
一旦藏身在綠葉的背光中，
你就得禱告自己有絕佳的好運氣才行。

要進入一片樹林的小徑，你必須忍受山腳養豬戶傳出怪異的味道；要了解二月是怎麼擴展其花草事業，你就得用指尖剝開咸豐草黑褐色瘦果的外層；若想驚嘆於黑枕藍鶲的羽色，你恐怕要無視於一種樹幹上的一塊告示牌，告示牌寫著：「售，林地一〇四三坪，旱地五五四坪，洽××-××××××」。並且把自己的身子儘量壓低，動也不動地傾聽枝葉的聲音，以及注意任何細微末節的情況，比如一隻飛去闊葉林椽，瞬間，繞個小弧，又掠回葉間的小身影。

若是你夠耳聰目明的話，就可以幸運地找到一隻並不太擅於表現自己的黑枕藍鶲。除非你少了稱職的鳥類觀察者必須擁有的望遠鏡，同時不夠謹愼、耐心。但即使對稱職的鳥類觀察者而言，能從望遠鏡中找到一隻黑枕藍鶲，我覺得多少皆帶著僥倖。因爲牠總是令人捉摸不定，或許讓人誤以爲是你最常見、熟悉的對象，而輕易地任由牠從你身邊悄悄消失。

如果，你照著鳥類圖鑑上所描述的，牠會發出「回、回」的叫聲，而藉以協助你聽音辨識的話，那麼你的機會只有一半。另一半是你根本不知道黑枕藍鶲這種害羞的林鳥，到底是否存在。

我的經驗用很笨拙卻有效的方式告訴我，想和黑枕藍鶲打個照面，得先學會認清綠繡眼的集體出沒方向，同時要能快速分辨出紅頭和白腰文鳥，以及小彎嘴才可以，最後你始能以最快的速度找到黑枕藍鶲的影子。因爲牠往往單影獨隻或成雙混在前述各鳥群中，以避開你敏銳的耳目。

再者，黑枕藍鶲的藍色背影，一旦藏身在綠葉的背光中，你就得禱告自己有絕佳的好運氣才行。好動，是牠的個性之一。總是在掩蔽處的枝葉裡停留不及五秒鐘，就急急地易地而棲，好像樹林裡沒一處是安全的一般，所以當你感覺苦惱萬分時，耐心與舉著沈甸甸望遠鏡的臂力是必要的。否則，你非得也有一對翅膀。我從不爲尋找一隻黑枕藍鶲立計畫，因爲牠通常只給我偶爾的驚喜。

如同驚鴻一瞥，我希望有一種新奇且無法抗拒的發現。像哥倫布發現新大陸，卻未料印地安原住民早已存在，每一隻黑枕藍鶲原住民，都不在意誰先發現牠，並引來一場殺機。但若是黑枕藍鶲看得懂樹幹上告示牌所寫的字，也不會善意地去迎接哥倫布的居心不良吧。二月的黑枕藍鶲，躲著人遠遠的。無論如何，我和牠必須保持一些距離，這距離說明了對方的警戒，是不願與人爲伍的，但這距離對我來說，只是便於望遠鏡的聚焦罷了。

適度的緘默，也是黑枕藍鶲的個性之一。尤其當牠和成群叫噪的綠繡眼同行時，緘默，可以掩飾牠的行蹤以免敗露。所以嚴格說來，你若要做個稱職的鳥類觀察者，並找到牠，學會從群鳥裡篩選到牠，是一項小小的本事。

如果，你一開始即找到牠的蹤影，而興奮地貿然起身、走步、移動肢體，我確信你很快會爲一時的衝動而遺憾。牠是那麼的小心翼翼，膽小怯生，任何的風吹草動，絕對都比不上牠輕巧揮舞的雙翅。所以，一剎那牠就如煙從眼前消逝，或幾個飛躍即在一箭之外，轉眼，已不知所蹤。縱使你是高明的鳥類觀察者，也只能粗略一眼見到牠隱約的藍光，去初步印證你鳥類圖鑑上的圖形確實無誤，但想進一步欣賞牠的生動姿態卻得抱憾不已了。

在黑枕藍鶲的二月，山林的氣溫仍有點涼，闊葉樹依舊飄落著枯葉，但還不至於讓群鳥無處藏身，一陣窸窸窣窣踩斷枯莖的聲響告訴我們，那小彎嘴粗心大意的行動；如果是草葉無端端地掀動，那可能是山紅頭餓極溜出來尋索食物的躡手躡足；但從不怕生，群起活動的綠繡眼，則大剌剌的在枝葉間東翻西找地哼著小曲。在此刻，倘若你的焦點只在黑枕藍鶲上，就得按捺住屢屢被其他群鳥干擾的性子，不爲所動地專心一意。

有一年的二月，我沈靜異常地走過兩旁盡皆闊葉林形塑成樹篷下的一條小徑，陽光在葉片上跳躍，四周滿滿地充塞各種野鳥的鳴啼，牠們的騷動令我不時得駐步停留。有人曾在小徑上掛起鳥網，說是想捕捉角鴞，但我只見鳥網空盪盪地飄著。那人的伎倆始終沒有成功。至於高高在上，一逕在樹篷嬉戲的黑枕藍鶲，當然也不會落入鳥網的陷阱裡。

在我發現小群的黑枕藍鶲前，我全心專注在追蹤彷若迷途的小鷹，但那或許真是一隻罕見的角鴞。我屏息而振奮地蹲在小徑旁的草叢裡，然而僅是把望遠鏡再度舉起臉的時間，牠已消失無蹤。正當我沮喪地四下搜尋，一抬頭，小群的黑枕藍鶲所製造的小小插曲，已細緻地編織起早晨的山林之歌。自此，我抬疼了整整二十分鐘的脖子，只爲了欣賞牠們飛掠的眩目藍光。這小群黑枕藍鶲並非集體行動，而且分散在三處高聳的樹頂枝葉間做著晨操、或練練嗓子，上上下下靜不下來的傢伙，簡直是針對我頸部的神經下挑戰。

那時，再也顧不得小鷹和角鴞了，我努力試著去記住黑枕藍鶲的叫聲和肢體語言。但直到我失去牠們的蹤象之前，牠們似乎只留給我嘲弄般的訕笑。或許，我不應僅記得牠們的名字和叫聲，而應從鳥類圖鑑之外，去理解叫聲中含有的溝通訊息。但直到今日，我爲此仍深感力有未逮。「回、回、回」象徵著什麼？

羽色的藍光又代表著什麼？我們之所以給牠一個名字，其實只是便於我們以共同理解的字眼去稱呼牠而已。在這個邏輯之下，多數非鳥類專家的你也僅僅知道牠的絲光片羽，或從某些鳥類圖鑑上讀到相關牠不及三百字的生態。

擁有山林的地主，通常也在破壞自己的山林。對目光短淺的地主而言，山林是可以變賣的財產，或是用一把火、一把鐮刀，隨意把道路兩旁的闊葉樹整修一番。掛著告示牌是一種，改種黑枕藍鶲不愛的菜圃也是一種，在他的眼中看不見黑枕藍鶲，更遑論黑枕藍鶲有何經濟利益了。也許砍掉一些樹是好的，否則誰能清楚望見那告示牌上的字。在附近躑躅的黑枕藍鶲並不在意告示牌上寫什麼字，也不在意以後是否會因而為原地主增加多少個人在銀行的存款，現在的牠們只想有落腳處即可。

自古以來，鳥和人之間總存在許多無法交際往來上的障礙，但通常都是後者取得最大的決定權。當你走在這山林裡，懷著再如何的謙虛，也能見到這種一面倒的結局。在更多的其他山林地區，情況也不會有改變。因此，在你面對黑枕藍鶲這種不易見的野鳥，且對著你發出嘲弄的聲音時，你應該反而感到幸運才對。

地主變賣山林的價錢是否合宜，那得去問問銀行家；至於他為何要變賣的原因，恐怕不見得可獲得好答案。地主很少出現在這表面看來十分荒涼貧瘠的山林，所以才掛出告示，但這也是我無法讓他與黑枕藍鶲會面的原因，即使會面了，地主又肯說些什麼，黑枕藍鶲又能為自己和其他群鳥爭取到什麼有利的地位？其實，這告示牌也透露出其他的訊息。

整整過了三個月了，它還是掛在那裡。但你若果真想一見黑枕藍鶲的芳蹤，就得在下個地主出現之前捷足先登，如同我也不能保證你能如願見到牠一樣。

這樣的山林還是山林，並不因少了黑枕藍鶲而使地主的變賣價錢往下降。只是若少了黑枕藍鶲，你也就少了進入山林的原動力了。

露天野宴

各種落葉一道道上桌，
有時就端上落英，
以及一路被溪間石塊攔下來看似可口的某種黃色果實，
和大花曼陀羅，它們爭取的是菜色。
因此，一旦有被視線的舌尖鑑賞的機會，
就寧可多停留一會。
但對突出的石塊與水流之間，
所推出的瞬間即逝的氣泡而言，它們要的只是空間。
如果風的方向對，而且夠強，
那麼我就更可以驚見所端出的，
會是一道有修長深褐色種子的不明飛行物……

二月，應該是大啖春似陽光的時候。但是，我仍穿著防寒的衣物上山。有時候陽光並無法將寒意驅離山谷，在有遮蔽物的背面，留守著冬季的最後一批後撤部隊，總是最頑強、竭盡全力以抗拒二月陽光的攻勢。不過冬寒是否已呈強弩之末，或許該問問內雙溪的溪水，它意味著一旦冬季的最後一批後撤部隊若已有全面撤退的計畫，那麼將在山谷的溪流裡留下些蛛絲馬跡，例如把溪上的落葉盡可能的帶走。

事實上，每年的冬季在撤退時總是拖泥帶水，不是在槭樹的葉片上順手染著紅色記號，就是將落葉集中於山谷的角落，彷彿不甘於讓春日佔盡優勢一樣，因此，在撤退計畫的許多守則中，也許有一條是這麼寫的：「噤聲轉進時，務必保留我方的情報人員。」

我由這些有跡可尋的跡象中，從踏入山谷、瀕臨溪流的第一步開始，便感受到還是該拉起拉鍊、微微隆起背。尤其是幾只空盪盪依舊暴露坐落在只剩空樹枝上的鳥巢，雛鳥顯然趕在冬寒之前即羽豐離巢，不願與其正面交鋒。

只是，略顯威力的陽光，在二月高舉的旗幟下，先遣部隊似乎打下了山谷的半壁江山。我在感激之餘，坐在絹絲谷的小型木屋餐廳享用簡單的午餐，紅燒獅子頭、大白菜和飯、湯，這已是很滿足。但也許是服務人員的善意吧，特別將座位安排在陽光透過木條玻璃窗所照曬不到的位子，卻令我不禁對著有半桌陽光的位子暗暗羨慕起來。

味道清淡的午餐，若佐以陽光下嘁，那才的確是難得的盛宴享受，何況又有轟隆激越的溪水聲同桌為伴。

一週後，部份被形容為有點俗麗的胭紅色櫻花盛開了。我猜不透為何有些開得令人眼紅，有些則毫無起色，難道這些毗鄰而居的櫻花樹懂得讓賢。

我是不懂花的，但對自然生態的洞察能力，至少比坐在辦公室裡的保育官員好奇得多。同時對櫻花顏色的沒有偏見，逐漸在我過去對美的事物觀察中，形成一種客觀的價值，而至今仍無法以櫻花顏色來評定淺淡的是否較高雅。或許認眞說來，那與樹種的珍貴與否有關，但那是園藝家的事。現在，我關心的是因首度盛開的二月櫻花，所引發一場野宴的事。

而且，任何一場盛宴也絕不比這場野宴來得熱鬧、豐盛。在胭紅色櫻花所擺設的這場二月野宴邀請函中，受邀的貴賓也絕不是什麼達官貴人或保育官員，而是綠繡眼、白頭翁、白耳畫眉等；宴會時間不定，是隨來隨用的流水席；開席的時段長度，根據我的判斷，從第一株櫻花發出邀請函，正式歡迎閤家光臨起，應有一個月之久，至最後一株櫻花穿著落英的禮服送客為止。

我能想像，當請帖遞出之後，受邀者絕對皆準時赴宴，同時請帖的設計也有絕對的吸引力。如此慷慨大方的邀請，我雖是不速之客，但也不能缺席。

沒錯，有一株櫻花就擺滿了以胭紅色桌巾，多達上千百桌的宴席；其他緊鄰不遠的三株，則各自至少也有數百桌左右。僅僅這些即一路把絹絲谷爲名的小瀑布比了下去，而且令人不得不對如此野宴的排場大開眼界。

這一天早晨八時一刻左右，五、六十隻成群結隊的綠繡眼相互吆喝而至。牠們大搖大擺一上桌，立刻在二月午亮的陽光下紛紛開動了。

飯鐘對牠們而言，還遠不如用羽毛敲擊陽光的聲響來得興奮，何況這一年一度的野宴流水席才剛開始。

倘若，我能形容什麼是狼吞虎嚥，那麼這群好似餓極的綠繡眼即做了最佳的示範。牠們盡可能的在佔據對自己有利的位子後，便伸長脖子以尖細的嘴，對準花蕊中心大啖起來——但我始終不明白牠們享用美食的內容，有的這桌吃過後又搶別桌的吃，有的似乎寧可把身軀扭了也要飽餐一頓，有的則倒吊著身段取用，有的邊嘗邊大聲稱好，有的乾脆一面調侃般排遣又一面大吃大喝。

如果這一攤不夠吃，那麼就再輪下一攤，就如此一路吱吱喳喳吃下去。這群用過飯之後，又換另一群上，吃完後拍拍翅膀就走路。

假使，我能聽懂牠們對這一餐的評語，那大抵是讚不絕口的話等等，否則牠們不會又是

一群、一群在正午寒意上升時又回來享用一次，到了下午三時左石山谷微微飄雨之際，三度再回頭品嘗一番。通常，牠們是成群上成群下，若是三三兩兩有的一時貪食而脫隊，也會難免有怨言。

我想，櫻花擺下的盛大野宴，連最富有的人家也瞠乎其後。

至於白耳畫眉的吃相，卻十分優雅閒適。牠們少數地混在綠繡眼群裡，慢條斯理地靜靜享用從花蕊中得到的食物，即使彎腰或屈身，也會讓人覺得是有教養的。

從白耳畫眉的舉止上，我看到從容不迫的特質。

二月的野宴並不僅止於此，有些流水席更擺到山谷更遠的林子裡，好像是初春的先遣部隊在打贏第一仗之後，所留下的戰利品一樣。

而白耳畫眉在被派來擔任接收戰果的長官時，就不能如一群打勝仗而興奮過頭的綠繡眼小兵般，瘋狂地吃將起來，牠們保有風度地細嚼慢嚥，卻也不便阻擋綠繡眼的搶食。

白頭翁則顯得較小心翼翼，有的盡情享用，有的就在一旁保持適度的警戒。蜂群和少量的蝶得等牠們飽餐一頓後，始趕來打打牙祭，或是稍遠的在一邊趁隙偷食。這樣豐厚美食的野宴，總是熱鬧非凡。假使只欣賞腳旁美麗花朵的人，是見不到頭上那盛會的。

我躺在和室房內平整的地鋪上，透著門窗優閒地觀察；也把自己縮成一株樹幹，站在近距離認眞地觀察。

如果綠繡眼飛降的速度夠快又急，那麼地上的落英有部份即是牠們粗心的傑作。有一隻趕來加入野宴的綠繡眼可以證實我所言不虛；牠飛落的姿勢尚且未做好準備，便匆匆重重地迫降在細柔的枝椏盡頭，並踩在數朵櫻花上，經此彈壓，地上的落英又多了一朵胭紅。

這般經過三、五個小時，便紅紅地佈滿一地。來自印尼的外勞女服務生，在我出言制止時，竟不懂我的話語仍將滿眼胭紅落英盡數掃落溪床，隨絹絲瀑布水流沖向溪河而去。

當我以視覺去推測自然的美感時，卻不敵一把掃帚的揮灑，這令我想起過去在荒野樹林中聽見電鋸聲時，一樣的手足無措。

但不讓櫻花專美於前的溪流，也擺設了二月的流水席，大宴來者不拒的賓客。在溪流的賓客名單中，黃鶺鴒算是常客，牠來來回回穿梭於野宴中，除了在溪間石塊上稍事歇息，總見不停索食著。我看牠並不太挑食，比起寶藍色盛裝的魚狗，大概較受歡迎。固然這宴客的菜單裡，有一道是美味的苦花魚，但在我的注視中，卻未見一向嗜魚如命的魚狗舉著大啖，也許這正是魚狗挑食的原因。

不過，我可以斷定的是溪流的野宴另有可觀之處。各種落葉一道道上桌，有時就端上落英，以及一路被溪間石塊攔下來看似可口的某種黃色果實，和大花曼陀羅，它們爭取的是菜色。因此，一旦有被視線的舌尖鑑賞的機會，就寧可多停留一會。

但對突出的石塊與水流之間，所推出的瞬間即逝的氣泡而言，它們要的只是空間。如果風的方向對，而且夠強，那麼我就更可以驚見所端出的，會是一道有修長深褐色種子，一端佈滿無數四公分纖細淡黃色絨毛的蓬鬆不明飛行物，靜靜地臨空而降，輕巧的在溪流的流水席上頗爲搶眼。

我對這道不明飛行物的種子餐點特別有好感，猜想它是附近某類植物的曠世之舉，像一枚典型而微形的降落傘，貼在溪流表面，沿途隨著川流不息的流水席引人不得不多看一眼。對種子的美食知識，我總深覺不夠用且極度缺乏，那麼或許某位專業植物學家，可以告訴我它的來頭，而某種鳥類可以告訴我它如何的美味，但只有這溪流會擺出如此的盛宴，一路試圖博取我的喜愛。於是，我在溪畔撿取一枚，細心地放入防寒外套口袋裡珍藏，帶回家夾進字典的扉頁中，等待找到它的名字。

每道宴席的菜，其實並不需要名字。對喜歡排場的溪流來說，那只意味著若願意就多留在視覺的味蕾中一會，否則就讓其順流而下，以饗有緣人。這流水席既然迤邐數里，趕來捧場的據說還會有河烏、竹雞，以及稀客紫嘯鶇。

不過，除非我有幸可在溪畔木屋流連數日，不然難以見證據說的傳言。同時，又據說二月末於現場，絹絲谷的主人將籌辦一次別開生面的櫻花下品酒會，但不知是否有邀請注重品味的白耳畫眉牠們。

「據說」的意義，在山谷裡就彷彿據說在夏夜中有螢火蟲的閃爍明滅般，眞相令人起疑卻又是美麗的。二月溪流設置的野宴，則一點也不誇大鋪張，我可以坐在溪間石塊的餐桌上，舒適地享受喜愛的菜肴口味，卻不致對不斷經過我眼前的各式食材料理感到奢侈浪費。在乍暖還寒的冬春交替季節裡，大自然所提供的露天野宴皆值得鼓勵，這些看起來各具特色、令人垂涎的流水席有的進行一個月後將由盛而衰，然後陸續在一次花季的饗宴中結束；有的則千百年來即擺出不同的菜色，不管是否受到青睞，仍會一直辦下去。

倘使，人們有足夠的好奇與視力，威嚴凜凜的寒意只會教我多添一件衣物，而仍可感受難得的盛情。

沿著絹絲谷下坡石階走，兩旁被主人刻意栽植了各色低矮、有鮮豔花朵的植物。根據他的經驗，只有適應力強的人工植栽植物，才能存活下來，而且要具開花特性和抗菌能力，縱使在最低溫的冬季，亦應有吸引目光的魅力才行，它們包括少數的牡丹、茶花等稍高植栽，像從二月中偷取了陽光般贏得蜂蝶的信賴，以另一種野宴方式，讓原本貧瘠的冬日山谷在一開始就呈現繽紛豐盛。

於是，我不得不去注意蜂蝶是如何點餐用菜的，基本上就如同你我所知，有花粉這甜美始足以讓牠們駐步停留，但我更深信是花朵顏色的誘因。當一部份落葉喬木被冷風的利刃刮成光禿的枝條，一旦換爲誘惑的艷麗花朵上桌，那麼野宴就顯得更色香味俱全。

以胭紅櫻花爲例，初葉根本搶不走花色的光彩，再加上每朵胭紅櫻花都垂下生長如飯鐘，連我皆被引誘，想一嘗滋味。假使又被溪流端上流水席的宴會上，那更是一路叫人垂涎。

山谷的天氣，和二月一樣變化多端。當胭紅櫻花的千百倒吊櫻花如飯鐘響起，蜂蝶鳥禽盡受不了誘惑，只能在盛情難卻的款待下，頻頻加諸讚美以示感謝。而提早感受到山谷春天訊息，發出邀請函的櫻花，並不表示它能持久擁有設宴者尊貴身分地位的光榮，一、兩周後也許有後繼者以更大更壯麗的排場，包下半個山谷和溪流。

我猜想，任何資深的植物學家和氣象專家，都無法預測山谷的天候，以及誰才是最值得稱許的大自然慈善家。

但這裡所呈現野宴的榮耀，不只是寫在胭紅櫻花和溪流的生涯史之上，它也耐人尋味地寫在時光的季候裡，只有細心且貼心的人才讀得到，並感受到一樣的榮耀。

而寫的人，也絕非是我。

金門掠影記

和其他無數的喜鵲比較起來，
牠們顯然更善於表現自己，
並宣稱已有固定的對象而別人少來破壞。
因背著光的關係，
我清楚地看見當牠們翻飛羽翼時，
強光透過羽毛而顯現白色鑲黑的姿色，
令人目不轉睛。

烈嶼八月午後的陽光依舊熾熱，烘烘地照著八達樓子旁孤立的一株高大茂盛的鳳凰樹。它可能是整個小島嶼上的唯一。十數撮火紅的鳳凰花朵，分散佔據在細密龐巨的綠葉間，傲然且惹眼，透露著夏天最邊陲的熱情。

我背光觀察一對喜鵲落在鳳凰樹對面高聳健壯的一株木麻黃上，牠們迎著勁風匆匆聒噪幾聲，便急急努力擺動長尾、不斷移轉爪子的位置和力道來平衡身子以應付變化多端的風勢。當高氣壓的風，挾著微微濕味由海面大舉跨步而至，搖撼木麻黃枝葉時，它們隨之激烈晃動上半身一起舞蹈。

這一對喜鵲即沿著樹梢，邊試圖穩住身段，邊陸續躍過一階階樹枝，向上，亦步亦趨直抵風頭最劇的樹梢頂端。牠們是一對寸步不離的恩愛夫妻，靜靜與風站在梢頭相偎著。

和其他無數的喜鵲比較起來，牠們顯然更善於表現自己，並宣稱已有固定的對象而別人少來破壞。因背著光的關係，我清楚地看見當牠們翻飛羽翼時，強光透過羽毛而顯現白色鑲黑的姿色，令人目不轉睛。然後，牠們優雅有默契地飛身躍下，在色羽鑲黑的攤平翅膀助力下，雙雙魚貫滑入田野中。牠們是我在烈嶼觀察中僅有的一對情侶。

不過，在八達樓子路旁的金瑞成竹葉貢糖廠屋後，一方生態相當完整的小水塘，似乎在不經意中成型。小水塘由三方草叢圍起，水中的蘆葦隨風舞動，但緊鄰的一片雜木林不僅擋住了遠來的強風，一株大樹也閒適地一腳就跨入小水塘中，枝椏密佈，低低伸向水面，提供一隻魚狗的獵食棲息地，牠披著寶藍色外套，悄悄對著有蘆葦倒影的水面搜尋。

但牠卻全然不顧身後林子裡四處啼鳴的鵲鴝，只管默不吭聲地盯著小水塘的魚群，撲身之後在激起水簇水花，又隨即回到低垂的枝椏上，享用牠美味的午後甜點；我竊喜地遠遠望著牠，試圖找尋牠的同伴，但是卻又從小水塘對面的草叢中，傳來一陣窸窣的撥弄聲響，一隻池鷺已越過小路，穿行在草叢，很快探探頭，毫不思索地就把黃色長足泡入小水塘裡，惹得魚狗不得不轉身另覓獵食一角。

這一次，牠迅速縱身飛到另一處劇烈搖擺的枝椏末端，壓得它幾乎貼近水面，而池鷺此時已讓涼涼的池水淹至牠的白腹，想來這會是一個沐浴與索食兼顧的涼爽午後時光。

這樣的小水塘正是乏人問津的罕見生態傑作，我深信如果能讓我做為期兩周至四周的定點觀察，那麼更鮮活的鳥類生態將成為這小水塘的主角。

事實上，烈嶼有著更多的小水塘，在結合鄰近林子與田野，沒人干擾的情況下，皆有可能處處形成無數絕佳的小水塘生態樣本，而比烈嶼各觀光據點更有參觀的看頭。

知名的芋頭餅儘管不油不膩且可口，但我仍持續被喜鵲所迷戀。在上林將軍廟外的林子裡，我抬痠了脖子，只為了仰望一隻高高在上、不忍離去的高歌喜鵲。牠的白腹正對我的仰角視線不斷的顫動，同時不畏懼地在強風吹襲中，緊扣著樹枝晃擺起伏，卻尚能高亢地鳴唱。我相信，牠會是上林將軍廟前林子內最高明的歌手。誰在意牠想抒發什麼呢？或許牠只是想趁機舒暢一下嗓子罷了。

然後是烈女廟前的喜鵲，牠總在野生八哥搶盡風光之前，就大搖大擺地走到開闊的草地上，搔首弄姿，接著樂此不疲的昂頭四顧以引起我的注意。我猜想，牠是不屑於和野生八哥平起平坐的傢伙。但有些喜鵲則大膽地從車子行經的小路前橫越飛過，彷彿在暗示我們已逾越牠的領地了。

烈嶼有的是不怕生的無數喜鵲與野生八哥，不過我也不幸見到田野上一張鳥網，上面掛滿鳥影，平靜地面對三兩稻草人。而八月的夏季午後，則有更多的鳥啼響徹在附近的天際林間或水塘上。

在金門稚暉亭的廣闊木麻黃群落，尤其隨處可追蹤到喜鵲的掠影，牠們散居和囀鳴，遠遠將野生八哥的風頭搶盡。儘管絕大多數的遊客只視大麻黃群落和著稱的稚暉亭涼風為嘴上的讚嘆，但除了我，以及兩三小孩寧願傾聽、追索牠們的行蹤歌聲外，其他人也僅是走馬看花般來來去去。

金門本島在我的印象中，民俗文化村圍牆外的田野，是戴勝的大本營，但幾年過去了，不知情形改變多少。有點遺憾的是，此次八月行走，僅從趕路的車窗外，瞥見路旁一隻孤獨的戴勝隻影。牠低頭尋找田野邊緣草地裡的蟲子，完全不理會僕僕風塵而過的車行轆轆，但是藉著亮麗熾熱的日光，我依然能很快看清牠的黑白相間的形象，以及專注的漂亮羽冠。這種若要選拔最能代表金門特色的鳥種，往往不輸喜鵲給我的好感、注目。

對我而言，如果可以，我願爲一隻戴勝下車，放棄接下來的所有參訪活動。但小鷿鷉則佇留在古崗湖的草澤間，以數大即是美的局面引誘著我，令我未能放膽要求停車而抱憾不已。但水面那些裝飾極美、亭亭玉立似的蘆葦和鹹草群落，在點綴著小鷿鷉倒影的午後日照下，則有另一番醉人如癡的景象。

小鷿鷉從不群起喧嘩，因爲牠們擁有草澤水湖爲伴，又有何苛求？只是我未能好好在這自然生態教室前，見識到一些最珍貴的生物課程，總又一路萌生虛有此行的缺憾。

根據記載，包括烈嶼的金門，經過東晉以來一千六百餘年的屯墾經營，田野至今仍在生態環境空間佔極其重要的角色，而整個地域的二百五十餘種野鳥掠影，尤其分佈在各個沼澤、湖泊等濕地，在極有限的人爲干預和全面綠化下，木麻黃與樟樹更給戴勝、喜鵲、野生八哥、魚狗、鵲鴝等陸棲鳥帶來生態，田野提供食物所需，而沼澤湖泊和水塘也一樣給小鷿鷉、池鷺豐厚寧靜和不虞匱乏的生存條件，而得天獨厚享有較完美的空間，都是台灣少見的。

回到旅館的翌日清晨，麻雀和一群綠繡眼唧唧地早已吃過早餐，開始一天的早操，我無須回顧搜尋，即能感知牠們掠過樹林的晨間運動，是如何勤奮賣力。

一隻獨行的金翅雀鼓著翼端有金黃色光澤的羽翅，歇息在電線桿，吱吱喳喳嘲弄我的確晚起了。這是一個值得悠閒散步、觀察的夏日之晨，金門所有的鳥類早就醒了。

尋找消失的正興宮

沒多少人知道正興宮藏在山林裡，
除非從對面山頂處眺望過來，
否則正興宮就如同它的香火一樣沈寂。
既使是在一九八七年也是一番破落景象，
陪伴一尊神明的只有寂寥和鳥聲，
以及放肆的風。
這近十年間，
又有何變化呢？

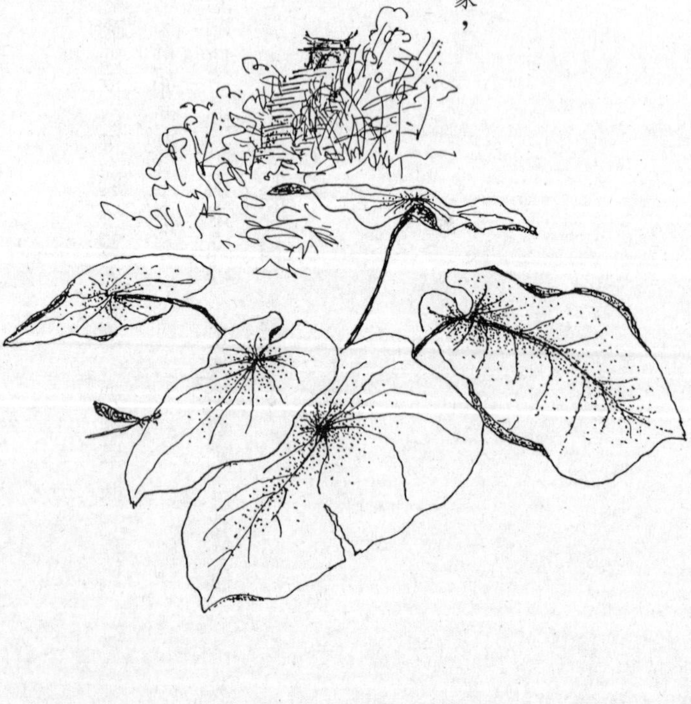

一九八六年秋冬交遞時節，成群的台灣藍鵲由野鳥新樂園的山谷竹林，飛向與正興宮同海拔的垃圾場，嘎嘎叫譟著，捐棄了牠們高貴的外表和身段，無奈般的在灰煙與燃燒的火焰中，找機會撿食食物。

那是最容易也最令我無端傷感地觀望台灣藍鵲的時空。

在我的記錄中，少數勇敢的台灣藍鵲更把索食範圍，大膽地擴展到垃圾場山腳下的雜木林，在那裡是垃圾車進出的必經要道，總會有些垃圾掉落在路邊，顧不得形象只求裹腹的台灣藍鵲便明目張膽的飛至討食，在附近的雜木林邊緣上上下下。

就在這要道的馬路邊，有條不顯眼的草徑，可以沿著山坡旁直抵正興宮橋，穿過這罕有人跡的水泥橋，立刻沿著對岸的山壁開闢的水泥路，蜿蜿蜒蜒繞過山坡轉角，就能直通山頂的小小正興宮。不過，要攻上正興宮還得有腳力應付多達近百石階才行。

在直直通抵正興宮門前的石階兩旁，長綠的芒草高聳茂盛而形成嚴密草牆，台灣小鶯、山紅頭、麻雀、白頭翁即在兩邊駐守，有時演變成相互叫陣的態勢。

當風一路從下綿綿而上，坐在正興宮前的石階上，足可眺望遼闊的鹿寮山巒及天空，坐看一整個下午的晴天。如果在接近冬末，那應該是芒花如雪的清麗景象，何況假使躺下來，還能仰望台灣藍鵲飛過的腹部，在陽光斜照下閃著藍光。

一九九八年九月十二日，台灣藍鵲卻完全從正興宮的天空消逝了，短短不到十年的時間，台灣藍鵲完全從野鳥新樂園山谷和垃圾場消逝了。也許牠們的消逝比我想像的還早，去處不明。其實我緊接著在七、八月就做了幾次調查，山谷的竹林全面遭致砍伐，即連附近的樹林也受到波及，儘管垃圾場能提供部份食物，但我深信，棲息地被剷除，才是逼使牠們無容身之處的主因。

正興宮對這些曾經數量頗眾的台灣藍鵲，又具有什麼意義呢？也許沒有，也許它的屋頂和鄰近緊靠的雜木林一樣，只是台灣藍鵲果敢由山谷飛至垃圾場間的歇息中途島而已。沒多少人知道正興宮藏在山林裡，除非從對面山頂處眺望過來，否則正興宮就如同它的香火一樣沈寂。既使是在一九八七年也是一番破落景象，陪伴一尊神明的只有寂寥和鳥聲，以及放肆的風。這近十年間，又有何變化呢？

一九九八年九月十二日下午，陰雨，女兒陪我尋找正興宮，我們正式撥開草叢，找到草徑的路，小心翼翼前進。

幾乎沒有任何鳥聲，那是我最擔心的。

那顯示這片雜木林已不足以吸引飛禽了，當然也包括過去一向高傲的台灣藍鵲在內。依稀的草徑依稀宛在，但狹小寸斷，原因是蔓草在這幾年間完全發揮了其擴張版圖的企圖，甚至把原本窄窄的水泥小路整個推翻，暴露出被沖刷過的泥面。一開始的十公尺路程就走得十分辛苦，稍不注意就有滑落溪床的顧慮。

悶熱和無法抵擋的黑蚊很快從四面八方襲至，而低垂散佈的樹葉蔓藤所潛藏的危機，尤令人不知如何防範，每踩出一步即深恐有不可測的野蛇會由腳旁身邊的草叢裡竄出。沒有任何蟲鳴，溪水儘管經過一個上午大雨的洗禮，卻仍然湍流著濃濁泥黃的水勢，繞經一些猙獰骯髒的石塊，流向遠遠的市鎮而去。

勉力再向前挺進，水泥橋橫跨著，由刻鏤橋墩的清晰文字可辨認出，該橋最早於一九八七年十一月由信士陳李丸捐建，距離我最初踏上時整整只有一年，不過從正興宮外觀判斷卻可能成立得更早，甚至早在水泥橋之前也有竹橋搭建。

如今，水泥橋面佈滿腐敗的落葉枯枝，以及某種黑褐色種子，但是引不起鳥類的覬覦。女兒有點裹足不前，我判斷橋頭另一端的景象亦不樂觀，錯綜複雜的草木由於長時間以來獲得最大伸展的空間，因此將進出小路全面封鎖，除依稀可見的粗糙水泥路面尚能辨識外，幾乎從水泥橋過後的路面完全被上天入地的盤錯糾結枝葉草莖所佔領，站在其間是困難的，只能瞥見細碎的天色，所以唯有以胸部碰觸膝蓋的蹲姿前進，同時得撥除橫逆由水泥路隙間穿透而出的大舉芒草，和試圖排開阻擋的樹枝，才能另覓立足之處。

但舉目一尺前方開始就寸步難行，小路已完全被荒野淹沒，如此的駭人景象至少是五年以上不見人跡所致。正興宮顯然已身陷於重重草木中。

正興宮爲何沒落至此，原因不明，或許就如同當初於荒山野地中興建一樣，那般不起眼，那樣不期待太多閒人打擾吧。

但我和女兒皆深信這才是野鳥的樂園，不過又爲何鮮有啼鳴？當我不免警覺某些野地危機並非女兒冒險所能承受時，我們有如跨入寶山一步，又急急退出一樣的不忍。回到草徑入口後，天空仍是乍雨的陰霾，讓我爲正興宮長埋草木深處而頻頻回首。

九月十三日下午，陽光掃除一切陰雨，卻在草木蔽天似的封閉小密室裡，蒸騰起悶熱的氣氛。

咸豐草和昭和草各自佔據屬地，而展開無聲的領空爭奪戰；屬於蕨科植物的烏毛蕨捲著嫩莖隨地在各處打著問號，腎蕨則以它多年生的優勢在山壁石縫間打下江山，至於過溝菜蕨就在橋下溪邊的畸零地散居著，有著高大樹狀蕨類的筆筒樹乾脆大舉遮日蔽天地將整條水泥路全然封住，一株茄苳守住橋頭，並把球形漿果密密麻麻在枝幹上、橋上攞了一地。

我再度強力侵入這片宛若小叢林之地。

通過水泥橋，立即面臨芒草、筆筒樹和各種蕨類複雜林相的重重阻擋，我開始彎腰躡足前進，各種難以斬棘的草莖樹枝橫逆著，一隻樹蜥在我鼻前垂落的樹藤上匆匆慌然爬過，轉動圓大的眼珠盯著我，停一會兒，忐忑不安地離去。

我沒驚動牠，但枝葉壓過我背脊，一轉臉又是一撮筆筒樹的羽狀裂葉立刻打上頭，在低身跨過一株茄苳的粗大枝幹後，迎面又是揮之不去的芒草。從水泥路隙穿出的香附子蔓延著，扯上我的腳。既然連轉個身也沒有，我只能前進兩公尺。

幾隻粉蛾從橋下溪石上飛起，蕨類植物的孢子隨時伺機擴疆掠地，一座小叢林正悄悄的形成，悄悄以草木的根深入水泥路面的隙縫，再穿透底部的泥層，逐漸擴大龜裂破壞原本堅實的水泥路，等雨水浸蝕到某種程度，整片水泥路面便傾圮崩落溪岸。

我就是小心避開如此險況，繼續以膝蓋碰撞胸部低身前進的。但離正興宮的位置還遠，至少距離我判斷的一個山坡轉角足足應有二十公尺，而真正隱藏的危機才開始。在腐敗的枯葉與悶熱的氣味交雜中，我再揮汗前進一公尺。

只要任何轉身、出手跨足的動作，都排除不了從四面八方而至枝葉的圍困，它們掠過我的臉，逼使我不得不像個謙卑低首的朝聖者，得一路跪地或者叩首般才能繼續往前數寸，但一欠身，背後又被綿密的草木重新封鎖。

人面蜘蛛在側面近在咫尺的枝葉間掛起一張網，搖搖晃晃的，我相信我已是這座小叢林的獵物了。那是一張被遺棄的網，而無數張牙舞爪般的枝葉草尖，隨著我的移動，在我全身摸索著。我喘著氣，又前進兩公尺。

橫擺的是一段脫離樹幹的手臂粗樹枝，緊緊嵌在樹與樹間的水泥路上，我鑽過去，同時避開一叢香附子那惱人的稜狀瘦果，風在此完全停歇，卻阻止不了其他羊齒植物從濕濕的山壁伸出綠色的手。我感覺路面往上升，但置身在荒野草木的包圍中的確不好受，再前進一公尺吧。

我奮力撥開芒草，少數的林投繼而現身，突然我想回到橋下去探看野薑是否開了。如果我是一隻稀鬆平常的麻雀，幾番飛躍，即能輕易探察正興宮的究竟，但我如今卻感到進退兩難地身陷芒草與林投的刺人長葉陣營裡，仍不知通往正興宮的路上尚有多少險惡。也許再前進一尺吧，打草驚蛇的危機感我還有。

不過，顯然更深的草木不希望我成行，它們早已接到大自然的秘密手令，佈下嚴密的陣勢，極力攔截我的行動。這條絕無更改的手令，可能早在數年前即已下達，並提前佈陣完成，用盡任何草木的力量，上上下下以嚴防我試圖再得寸進尺。這條手令的檔案叫「收復失地」。我全身發痠，扶著腰勉強頂著芒草天篷站起來，透過前方的樹隙，彷彿見到另一道由野生竹林所發出的堅強勢力，在山坡轉角處嚴陣以待。還前進一尺嗎？正興宮或許不再希望有人打擾。

那麼，就折返吧，大自然佈下荒野所豎立的危機警示，正藉由深深草木傳達出外人止步的心願。我估計整個冒險行動僅前進了十公尺左右的路程。

付出同樣的辛苦退出小叢林後，我站在佈滿苔蘚與落葉的橋上，判斷它可能在接下來的十年間整個傾毀，那時將斷送了通往正興宮唯一最近的密道，小小沒沒無名的正興宮也將默默地完全淹沒在草木深處，像消逝的台灣藍鵲一樣的消逝。

溪水的記載

我涉水而行，
水蜻蜓在四周飛飛停停，
陽光透視著牠們發亮的羽翅，
如城堡派出的光遣部隊般，
在密林前緣的水域上空實施警戒。

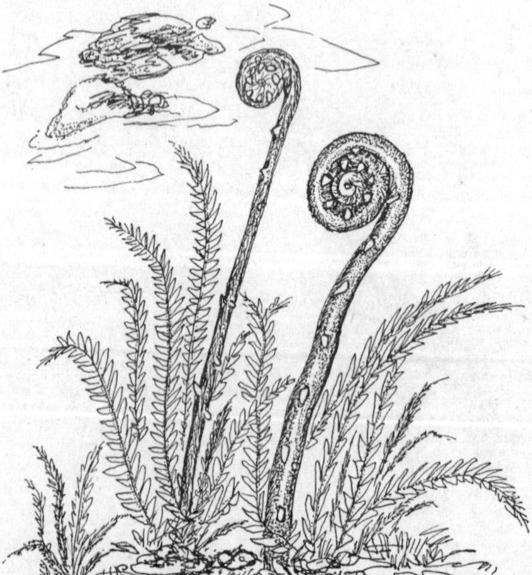

每條溪水都是曲折起伏，所以是引人入勝的。山中的不名溪水亦復如此。溪水的源頭我不曾尋獲，但想像和每條溪水一樣，總是清淺的。從自然科學的邏輯上判斷，由山裡土壤林地湧現的水含量支援了源頭以下的流量，而匯集成較大且寬的水源，但這樣的理論並不足以豐富我的思維和美感，只佐證我對溪水成立的理性附和而已。

因此，我所敬畏的陰森茂密樹林，常是阻攔我繼續前進的城堡，嚴防任何入侵的舉動。我首先由上游溯水而上，在密不通風的樹篷下獨自搜尋，所有的巨石佈滿苔蘚的厚厚毛氈，說明陽光許久不曾在上面走動的跡象，四周聳立著高達數丈的林木，將日照完全隔絕在樹篷之上，除了林木立足之地，則被各種潛伏的各種綠色羊齒或蕨類士兵團團圍繞。

我發覺每株樹幹外表亦由苔蘚加以僞裝，綿綿形成山形堡壘的堅強陣地，溪水淙淙繞過巨石的隙縫間，湍流而下，有時在半途設下水閘似的閘口，卻又忍不住地冷冷沖入拳頭大的水塘中，一陣輕輕耳語後，又飛奔而去。

在這個固若金湯般的城堡中，唯一可出入的即是此狹隘難行的水路。我翻過巨石群，未察覺半句鳥鳴，在潮濕低矮的草本植物群落上，只見水珠兀自停留，總沾濡我全身衣褲，它們要與林木爭得制空權，恐怕難如登天，因此只得繼續駐守在地上，認命地保衛疆土。

以烏毛蕨爲例，捲曲之幼芽高高被紫紅色莖幹撐起，越過其他蕨草卓然獨立，但也僅僅享有鶴立雞群般的突出姿勢而已，做爲類似偵測兵的一員，它當之無愧；但其他如山羊蹄、過溝菜蕨、台灣蒴藋和腎蕨等就只有各自爭取活動的空間，擠在溪水兩旁賣力地與巨石搶地盤。我聽見淙淙水聲從這些蕨草隱密處傳出，在高低不平的黑暗地表湍流不息。

若在多雨的季節裡，由一箭遠的地方就能清晰耳聞，那是除了鳥啼和樹葉翻動之外最美妙的天籟了。但是，一隻綠色城堡外的大冠鷲並不理會任何天籟之音，牠側著頭停在可面臨山谷上方的枯木上，靜靜地以目光搜索牠的獵物。

繼續前進吧。巨石群之後，是一根橫臥的巨木，溪水淺淺地流經巨木下方，將一些小碎石堆積到巨石的間隙裡，我猜想如果赤腹松鼠選擇這橫臥巨木當嬉戲場的話，那麼溪水一點都不會沾濕牠潔淨的小腳，何況牠可以在跑過橫木後，縱身跳上鄰近蛇木，沿著那踩下來並不甚舒適的密生鱗片葉柄，向上鑽入叢林裡，那誰也無從由這躲迷藏的遊戲中捉到牠。溪水在這時並不豐沛，卻已有雛形。

再往上溯源，我恐怕會身陷於迷失的困境中，蛇木和烏毛蕨阻斷我的去路和視線，各處細小的水流開始向凹陷的水路集中，但我卻見不到它們。這一座戒備森嚴的城堡十分寂靜，除流水聲外，唯有水滴落擊在葉片的聲響，撼動著，令人懷疑會有什麼異狀發生。往回走吧，溪水變闊了，隱身透明的小蝦開始找到容身之處。

清澈溪水在上游僅有我腳板高度，蕺菜的白色花片總會找到碎陽照射的空檔，凌空伸向溪面上開出鮮黃穗狀花序；某些蛙類假使不遭受意外，也能在平淺溪道上平順繁衍後代，給夜間的山林製造些活力。我涉水而行，水蜻蜓在四周飛飛停停，陽光透視著牠們發亮的羽翅，如城堡派出的光遣部隊般，在密林前緣的水域上空實施警戒。

然後，溪水在落差樹林傾瀉而下，注入寬闊的水域之後，大大方方流經數十公尺便急速來個大轉彎，溪面頓然又因山勢切割的關係變窄，所有的溪水以奔騰萬馬之勢一發不可收拾，向中游的河谷地形穿越另一片雜木林。我脫離溪道，沿著水聲進入雜木林的小徑。但它似乎在我感覺水聲漸遠的彼端蜿蜒地又繞了幾個彎，以分支兩股急流向山腰順勢而下，一支切向雜木林的心臟，另一支斜斜兜著岩壁外圍迴繞。

這一片雜木林分佈著數不清的草木，其間又夾雜著野生木瓜樹和芒草。從木瓜受到啄食的痕跡看來，我判斷應是台灣藍鵲所爲，而這附近正是牠們午後操練飛翔路線的第三站。當牠們來的時候，會先叫噪嚇走其他鳥雀，再邊大啖木瓜邊討論飛行隊伍該如何走。而我勢必繞過幾株野生木瓜低垂觸地的重重葉片，才能繼續追蹤溪水的流向。

向雜木林心臟流下的一支，再度遇上落差極大的各種林木的阻擋，斷斷續續以小型瀑布的形態跳躍而下，在山谷中途與另一支流交會，而另一支流行經的路況彷彿也不順利，那大抵是高低起伏的岩石山壁，何況轉圈又繞彎，水勢也不平靜起來。中游交會點由於坡度平緩，因此在稍稍整裝後，立即微微與我打個照面，便順勢大搖大擺一路浩蕩而去。此時，沿岸已有田字草浮游，偶見大彎嘴雙雙對對在臨水的矮木叢裡進進出出，有些龍船草伸出葉尖與水面打個招呼，但水勢一開拔再也無法停留，只好匆匆一握手便揚長簇擁出發了。就這樣，一路的沿岸，有的帶野薑花，有的舉著月桃，有的插遍山羊蹄，等在岸邊送行。

但是誰在溪上搭起橫木充當的危橋？我坐在樹幹上，將腳舒暢地放入溪水中，那片刻裡是我最無憂的時候——我一生中難得的享受。此時開始出現稀稀落落的相思樹，從溪流的兩岸伸出枝椏，在溪水上空交錯成另一片樹篷，至於竹林應是前人所種植，茂密而複雜地佔據稍遠的另一片山坡地，取代了原始樹種。

繼續往下走吧，我總是爲了找不到一冊詳盡的草木圖鑑，而錯過認知身邊的植物感到遺憾懊悔，例如溪邊常見的山芋深紅漿果，即是藉以吸引鳥食而播種子的嗎？溪水奔流，這條山林的水鏈閃閃生輝，掛披在綠色城堡的寶盒中。

川流不息的溪水，想來也是帶著山林的祝福離家的。不過，水勢到了中游半途又起了變化，一座從溪間隆起的大岩石橫阻於前，在經過歲月與水流的沖刷後先是削平了露頭，但緊接著陡然下墜的落差，則使水勢形成數個斷層般的跳躍，激起流水在黑色岩石間四濺、潑灑，然後又很快趨於平靜。

我喜歡走過橫木危橋，再沿著被闢爲菜圃並靠著溪流的小徑探看。菜圃是山谷的一小塊平地斬草除根形成的，成群的綠繡眼啁啾飛越，投向山林，牠們不願逗留在這岩石造景的水邊附近，只有誤途的少數鶺鴒愉快地搖擺長尾，快步在溪旁索食。倘若我興致地爬上岩石，觀看溪水飛濺激越的舞曲，那麼又不免濕涼涼的一身。在炎酷的夏日裡，那卻是極過癮的。

否則，就跟著溪流稍稍再轉個彎，在岸邊檢視野薑長葉裡小盹的青背青蛙，牠們睡在淡淡飄起的花香裡，枕在離水面不及一尺高的水聲美夢中，似乎也能躲開如大彎嘴的長喙貪食。在這段已是平靜的水域裡，溪流又恢復寬闊的局面，不過離下山的路途尙有約莫十分鐘流程。從此開始，我已無法再覓小徑追蹤了。除非我能學鶺鴒鑽入濃密的葉隙草間，或者順著溪流上的小石沿路而下。

在我再度於山腳下遇見溪水之前，我僅能想像它遠遠地繞過另一個山巒，再拐到山腳的頹廢正興橋下，淙淙出現在亂石的溪床間，不過水質則由清澈轉爲濁黃。那是夾雜著山腰養豬戶的污水關係，而徹底改變了它的命運，至此，溪水只是儼如養豬戶的排水系統罷了。

我無言地靠著正興橋的扶攔，望著在亂石溪床間滾滾流去的濁水，總懷疑我們坐在辦公室的環境保護水質官員，他們的檔案中是否准予一條罕見的溪水如此受到折磨？當他們全力在爲山腳外的城鎮環保工作爭取業務獎金和績效時，這些環保水質官員也許始終不知有一條溪水存在著。

但耗費公帑的涵洞工程，卻諷刺地接著這滾滾濁水啓動了。濁水順勢流入剛下塡的水泥涵洞中，再流出來時，又是一段以水泥圳溝替代原始溪床的工程，平整的水泥完全塡平泥石溪床和兩岸的草木，從此說是疏通了水流。

在這沒幾戶人家的山腳水域，我們的環保官員或民代也許又可以在政績功勞簿上大大記上一筆了，但卻不懂廢去養豬戶，少了污水永比花錢設置作用不大的涵洞與圳溝工程來得令人讚賞。所謂眞正的自然環保生態工程，就是這樣被白白耗費掉的，而相關的官員與民代也繼續在議事堂裡對環保生態大放厥詞，編列和花去大筆可貴的經費。

溪床一旦改爲水泥溝渠，那麼溪中生物與岸邊植物也隨之逝去，只見一隻單身小白鷺默默站在硬冷的圳溝水泥溪水中，不知長途跋涉而來是否能飽餐一頓。然則，溪水照舊向前流去，夾帶著污臭水質，毫無阻攔地奔向城鎮，這個代價沒人預測。

溪水從此段流去，也只是道地的排水溝之水而已，更不値得留戀了。

制式化的溝渠，其實未產生實質的作用。當下游的溪水彎彎曲曲朝城鎮中心奔行，其他來自沿途的各種污水又造就它的不堪，因爲原本棲生在沿岸的三株難得的楓樹可以砍除，沿途邊坡的野生花草可以剷去，讓沒人聞問的污水一路通行無阻地奔向城鎮，原來我們就是這樣消滅一條潔淨自然溪水的。

這樣一條苟延殘喘的溪水，終於在接近城鎮外圍被水泥板完美地掩蓋了，沒有人知道城鎮下有一條污水下水道原是溪水的遺跡；也沒有人知道它正夜以繼日川流過腳下的柏油路底層，然後被排到另一條溪流裡。在下游的城鎮上，人們已忘了有一條溪水的存在。

每條溪水都是曲折起伏，所以是引人入勝的。山中的不名溪水亦復如此。我是這麼想的。

沼澤的歷史

歲月可以累積歷史，
而土地可以儲存荒野。
沼澤般的水草，
就在幾場沒人理會的歲月大雨下，
淹沒操場，
形塑起水草的泱泱國度。

凡是被冠上「時代」或是「主流」，那麼所有的一切都是可以理所當然，或是可以被原諒的。

對一片荒廢的營區也是，但在悠悠歲月的演化中，野草以具體而微的茂盛競爭力，爬上營區的每一堵牆和窗子，以及翻開柏油路面；接著，雜木擴展，重新佔據營區一隅的小山巒，在八〇年代之後，營區的名詞和歷史從偶爾出現的散步者口中消失了。

但我開始在想，八〇年代以前的營區，爲何主動放棄了自己的勢力範圍，除了留下房舍，也留下搬不走的草木山巒，那個時代似乎也隨著土地規劃的主流問題而撤退了。

不過，我猜想不用去翻閱政客的那一堆掛在嘴上的檔案，或搜尋經濟學家拍著胸脯，大言不慚的理論，經濟掛帥的時代，以主流的洪潮領導了一切，在超越了土地原有價値下，營區享有的土地即在時代主流的「協調」中失守。

不過這片營區土地並沒被立即開發出有高經濟利益的典範，原因當然不是據理力爭的某些政客或經濟學家所能預測，但畢竟給了土地留下喘息的機會。

當我沿著一個不明顯的沼澤邊緣散步時，那淺淺水面下原本是一處平整的操場地，如果是在接近夏季的六月，由操場邊連接著的小山巒上，應該可以由午睡的窗外所及之處，見到樹鵲飛躍，粗聲粗氣發出炎夏操練命令的聲音。

一旦某些命令阻擋不了時勢，排山倒海的經濟理論就打敗了軍事權力，迫使營區空出來，等待經濟理論以勢如破竹的各種形式、時空佔領。這也是時代創造下的主流產物。歲月可以累積歷史，而土地可以儲存荒野。沼澤般的水草，就在幾場沒人理會的歲月大雨下，淹沒操場，形塑起水草的泱泱國度。

也許我不太認同任何經濟主義的目空一切，但是我卻喜愛一片沼澤地形所強佔的魄力，在軍事退敗後和經濟侵入前的中間空檔，形成兩方不管的灰色地帶，用寂靜、不引人注目的水和草，暫時取得生息。

在這空營區，它代表的意義，對土地而言是否開發則由時機決定，因此寧可荒廢；對經濟規模而言是放任的機會主義，但外人一律止步；對一般的人而言散步可以，除非有利可圖的違建特例被默默准許；對沼澤而言是那會是過渡性的自然形態發生，並不影響所圖者的利害。

因此，沼澤在沒人持反對的意見下留住了。不敢或沒有所圖的人沿著沼澤邊小徑散步，也許覺得景色不錯，也許從未察覺景色也有消失的時候。

這一片沼澤長足足百公尺，沿著狹長沼澤一邊是小徑，野草順著小徑濃密地兩旁生長，另一邊則是稀稀落落的一些灌木叢，夕陽由灌木叢上落下的時刻，有人偕手而至，像歸巢的鳥雀一般安適無爭。

在九〇年代前後，我是最懂得沼澤夕陽的欣賞者。在那經濟景氣仍屬不差的年代裡，我衣食不虞地放心走在小徑，沼澤的水光粼粼，水草在風中搖曳，雖然無力承購這片沼澤，但能適意走在郊外這片難得的沼澤旁，卻還有片刻的安寧悠閒。

沼澤一旦遇雨，偶爾會靜靜漫過小徑，形成短暫型的大沼澤。

這時，最興奮的是遠道而來的小白鷺，以及到處談論大沼澤何時才會恢復原狀等話題，而在夜幕低垂時嘈雜不止的水蛙。

或者，有幸走到大沼澤附近卻無法如昔日般安然散步的人們，也會爲了原初的目的不能達成而有些嘖語吧。

那是個經濟景氣仍屬不差的年代，辛勤所賺取的收入，尚有餘額放在銀行裡獲得微薄的紅利。沼澤儲存於荒廢營區裡，所孳生的紅利則是漫漫水草的青翠。

在大多數的季節裡，由鄰近成排檳榔樹上飛來的蝙蝠，成群索食在沼澤之上，到了冬天的沼澤，則換上燕群。

我猜想，沒有所謂經濟理論基礎的軍事營隊，絕對沒有理由反對蝙蝠在檳榔樹上營生，即使退出勢力範圍，也無法管轄燕群飛掠於沼澤之上的行動了。那麼，荒廢的意義，也說明自然暫時接管的可行性。

對附近的人們而言，沼澤或許並非散步的主題。他們只是忽然間找到可以活動的一處空間而已。而雨所帶來的大沼澤，也就造成他們的不便，他們並不在乎違建特權，只要不是建立在自己的身上，他們也不在乎荒廢的營區，因爲那和荒廢的土地一樣，事不關己。

所以，這廣大營區的地，開始從荒廢逐漸變成有些圍籬的菜圃、新興的游泳池樂園、夜以繼日的保齡球館、私人收費停車場。

從某個角度看，經濟終於以具體的形式擴展了影響力，並再一次證明擊退軍事與自然的抗衡，仍是輕而易舉的事，也是被視爲理所當然的時代主流。

但也許我們該感謝九〇年代以前軍事強權對某些土地、荒野所做出的管制而衍生意外的貢獻，因保留部份的自然風貌而倍覺幸運。

它比起一些樣板的生態保育模式，似乎更符合自然生態與我們的期待。沼澤出現固然是無心插柳的結果，但可能較開放式國家公園的人爲破壞更有限，也更值得同情。

不過，這變大變小的沼澤始終引不起別人注意。

在六、七月間，樹鵲留在沼澤邊的雜木裡叫噪，番鵑則佔據了稍遠的草叢腹地，在此刻沼澤也顯得較爲活潑，因爲繁複的昆蟲種類獨自享有水與草之間的領空和水域，開始交配和嬉戲。

但這仍不足以誘惑別人的目光，對看見沼澤的人而言，那是更偏僻無趣的水塘，同時也會沾濕弄髒一雙運動鞋的鞋底。

當人們只留意鞋底時，通常就不會把眼界留在沼澤上。待十月進入秋冬的不明顯涼意時節，我只發覺水草開始打出揮別的手勢，冷冷的沼澤卻容納了無端的離情，在大部份鳥聲稀少時，人也不見蹤影。

時間進入九〇年代初期，人們並沒有忘記經濟遊戲所帶來的好處，也對未來深信不疑。但我仍繼續經常在沼澤徘徊，卻也隨著一處圳溝的開挖倍感憂心。

駕駛推土機的工務人員，隨著工頭手上的設計圖，首先推開荒廢的部份營區，然後直直挖出一條水溝的位置；這同時，臨時新搭建的房舍也進駐，外勞大批跟進，並且把衣服全數晾在晒衣場上。

推土機持續動工，沒有遭受任何阻撓，好像凌駕一切的經濟利益，就附註在那藍色設計圖的施工進度上一樣。

當圳溝被最後的挖土機一劇之後，沼澤的水即洶湧地順著計畫中的溝渠轟然滾滾而去，它整整流了三天，沼澤才從工頭滿意的眼裡消逝。

工頭並不知道他已謀殺了一個沼澤，正如同坐在辦公室裡的那個衣冠鮮亮、規劃經濟版圖的官員沒見過沼澤一樣。

這時，人們也不再有散步的目的。爲了美觀，溝渠內外又被鋪上厚厚的水泥，以保障不會塌陷。至此，我期盼能找到那幕後的官員，好理直氣壯的質問他，沼澤的本金和利息豈可輕易視爲小投資。

後來，當整個工程完成、剪彩之日，我則見到更多的大小官員，站在用水泥鋪蓋的沼澤原地之上，相互額手慶賀。

而在他們身側，一段新高速公路的龐巨身形正橫橫跨越而過。

那是將小小山巒攔腰截斷的結果。

經濟的投資終於又一次驗證了它的時代主流象徵意義。

時間以飛快的步伐走入九〇年代末期，當我沿著水泥圳溝往廢棄營區內部走去，有時總迷茫於沼澤的位置。

沒有人還會牢牢記得那沼澤，包括工頭手中的施工設計圖。

記憶力強的小白鷺傷感地搜尋不到沼澤，只好沿著乾涸的圳溝底部生硬的水泥地孤獨地走遠。

雨勢再澎湃都留不住水蛙，也轉眼間從溝渠流失。這是關於一個沼澤的歷史，不過也從沒有人將它記載到自然史冊之中。

自然史冊更不比經濟白皮書，它的利益和資產更是所有經濟專家和官員漠視的，因此，沼澤的消失只是時間遲早的事，就好像時代與主流有一天也會被送入懷念中一樣，只是我們總迷信於某些激昂，信誓旦旦的經濟遊戲裡罷了。

破曉第一章

如果一頓美好的早餐可以慢慢享用的話，
那麼早起的小型野蜂，
可以在咸豐草的白色印花餐桌上，
告訴我們早餐是可以那麼甜美可口，
也可以不必在意飯鐘是否敲響，
就坐下來悠閒地好好吃一頓，
那的確是生命中最美妙的時刻。

對急於在破曉前便往山林走的人，我不認為他們是渴望去翻開一本厚厚的自然博物誌；但總是分秒不差在破曉時分即醒來的鳥雀，我認為肥蟲的吸引力居功厥偉。以時間之書的不斷往後翻閱的速度來看，破曉一定因具有一開始就隱藏某些深義，而一向佔據每一天的第一章，而值得咀嚼地緩緩閱讀它。

露珠靜靜劃過葉片的字裡行間，最後打上若有所思的句點，到了此處，它停下來凝聚所有的仍是暗微的光線，盯住這個即將掀開天籟的首頁。

在此之前，除了某些冬蟲依然冒著十二月的寒氣，以鳴振或觸角宣示自己的方寸領地外，也進行一場鮮為人知的殺戮、悍衛、求偶的夜間生存儀式。

假使，我有足夠的運氣，那麼就可能在葉片尖端的露珠未滴落之前，於它下方的草叢上見到一件兵不刃血的蜥型蟲之役——只須將對方扳倒，並且四腳朝天，那麼自己就有活命的機會。

凌晨五點，溪水湍流的聲音掩沒整個山林，周圍樹頭的稜線，襯著咖啡色夜空，陰天，月亮偶爾在雲的黑色飛行航隊後朦朧出現，誰會最先清醒呢？

對任何一隻睡得正甜的鳥雀來說，這種寒夜寂靜最令牠們安枕無憂，而冬眠意味著蛇的暫時休兵。

我站在溪水流經的山腳下等破曉。

一切似乎在上帝的掌握之中，溫度約十九度，我享受著從木桶中挖出來，包著蘿蔔乾、肉鬆和老油條的第一個熱飯團。

陪伴登山者的是識途老狗，牠用氣味在黑暗裡摸索，而登山者則用木杖與配掛腰際的一只銅鈴。當他和狗消失在叉路的另一端，我依舊站在入山口，在夜色中縮著身，仔細試著分辨蟲鳴的方位和破曉出處。

在這時刻裡仍有行動的，是一隻悄然於草叢探尋食物的野貓，如霧般走出，絲毫未踩響枯莖落葉，對這一次縝密的搜索偷襲，顯然也未有任何收穫。五點一刻，天光轉爲灰藍的襯底，寒氣聚集在溪谷。

當隱約的樹形逐漸顯影，附近的雞啼首先發難，但只是引來溪谷旁樹林裡一聲聲斷斷續續的近似嘎嘎鳥啾，持續一刻鐘才結束被雞啼那擾人清夢的抱怨，那會是因抗議而被逼醒的喜鵲所發出的不平嗎？我無法判斷。

在多變的啁啾中去確定鳥雀的名字，我總覺得力有未逮，何況在被激怒的情況下。

破曉時分，被天光定爲六點一刻，我緩步逐漸侵入山林深處。如果，先前所聽到的的確是罕見的喜鵲的啼叫，那麼爲何在其他時間難得再聞？我無法判斷眞正的原因，可是鳥類圖鑑書籍又能多告訴我什麼？

蛇木森冷地沿著山坡遮蔽了視覺上的天空，部份鳥毛蕨由潮濕土壤裡掙脫出來，開始在蛇木的威脅下尋找成長的空間，另一部份則在保育官員未清醒前，就遭到類似開山刀攔腰而斬。至此，鳥雀似乎因天冷而寧可多賴床一會兒，因此赤腹杉鼠首先被凍醒了。

牠們默不吭聲地三五成群出現在山腰，馬上趁天光乍亮就分散各自尋找食物。如果冬天提早使牠們的肚子挨餓，那麼飢寒代表牠們必須更勤勞一些。因此，所有迫不及待填飽肚皮的赤腹松鼠們，七手八腳快速奔行在一株接著一株的蛇木上，在附近稜果榕上翻箱倒櫃似造成細瑣的聲響。

比較起機會主義者人面蜘蛛，赤腹松鼠保守傳統得多。牠們舉著高高翹起鬆散可笑的淡褐色尾巴，上上下下竄跑，偶爾稍歇，隔著枝葉重疊的一端看著我，然後好像發覺我只是多餘的登山者般，轉身又拖著牠搖旗招展的尾巴奔向山坡雜木林深處。十二月冬的山林裡，還有哪些種子呢？

以稜果樹的扁球形隱花果而言，如今儘管呈黃綠色的成熟期，但外殼卻堅硬無比。我曾經用盡手指的力量都無法捏碎它，難道赤腹松鼠的大門牙對隱花果內的種子有興趣？如今天冷少了蛇的天敵，赤腹松鼠在林子裡跑起來更輕鬆了。

牠們將在接近十點左右就會停止一切活動，各尋枝椏或傾倒的竹莖上補眠去，一方面也避開像鳳頭蒼鷹的覬覦，不過，所有的赤腹松鼠也都明白，在天光未造就氣流形成之前，鳳頭蒼鷹對牠們並不足以構成嚴重的威脅，這時彷若全世界的赤腹松鼠都醒了，急於以運動來暖身和啃食一頓美好的早餐。

但如果一頓美好的早餐可以慢慢享用的話，那麼早起的小型野蜂可以在咸豐草的白色印花餐桌上，告訴我們早餐是可以那麼甜美可口，也可以不必在意飯鐘是否敲響，就坐下來悠閒地好好吃一頓，那的確是生命中最美妙的時刻。

咸豐草早已備好美味以待，一路擺出盛宴，完全不理會冬寒是如何的苛刻。我屈膝蹲下來，還是發現冷天在咸豐草上做了記號，黑褐色瘦果上，先端的宿存萼具有倒鈎刺，那象徵了冬日應有的尊嚴是不容抹煞的。但對倔強的咸豐草，卻可能因登山者的無心碰觸，或一隻鑽進鑽出的小鶯搖晃，把瘦果裂痕內的種子代爲撒了一地，或者帶到異地，無意中又讓咸豐草取得另一塊領地。屆時，新的咸豐草又會擺出更多的盛宴，惹來小型野蜂免費享受一番。

不過，我們的保育官員是看不上這頓美食的，在他們書架上的植物書藉，對此更是語焉不詳。假使我們對它們毫不聞問，那麼也就沒有什麼浪漫的思想，也甚至不會去關心一座山林的生死。於是，我再度前進。

破曉不久，紅嘴黑鵯嗟嗟嗟地隱藏在樹後練唱嗓子，但牠們的歌聲絕不比一隻竹雞的高音令人側目。山林之所以會生動有趣，鳥雀的伴唱實功不可沒。但繼赤腹松鼠清醒後的紅嘴黑鵯，總是如同躲在幕後努力學習練唱的後生晚輩，卻急於表現自己而弄亂了一齣即將上場的精彩排演。

接著，竹雞登場了，在我的眼裡，牠也是難登大雅之堂的傢伙，不僅老是羞於見人，嗓音雖高亢卻並不圓潤清越，但作爲開場的震憾性效果，牠可是當之無愧。十二月的紅嘴黑鵯與竹雞，正式在破曉的山林拉起序幕。

然後，是綠繡眼跟著情不自禁飛奔上場了。牠們以圓滾滾的羽毛音符，跳躍在枝椏的五線譜上。但從未有人形容過牠們快板的激越，因此當牠們有時迅速移動節拍，有時倒掛在枝頭，爲了某些種子的吸引而有了間奏的變化，連我這對樂譜一竅不通的人，都會爲之精神一振。在啾啾啾一路唱遠了之後，我似乎還感受到它的迴響。

天空破曉了，但龐巨的雲的灰色艦隊仍滯留在冬日天際，遍佈嚴陣以待似的氣勢，與山林鳥雀的啁啾形成尷尬的局面。

我走過長滿白茅和狗尾草的小路，六點五十分的天光若非身有餘而力不足，早就斜斜照亮山頭了。一隻野貓寂靜地穿出越過我身高的草叢，好奇地向我用意外的眼光探尋我的出現。對野貓而言，冬日山林裡的飢餓是難捱的，即使牠的腳步已夠輕夠謹慎了，但想在草叢裡找到吃的食物，顯然一點都不輕鬆。而我好奇的是牠居然會出現在非其食物圈的荒郊野外，那更不是我願見到的。

這樣的小路，其實在最近的一陣子頻頻遭到上山者在沿途兩側砍伐草木。所謂的上山者，包括登山者、墾地的菜農，以及住在山裡大樓區的人員等等。

後者不知是如何與政府官員溝通的，居然可明目張膽地將大樓矗立在重山野地中，然後每天開著車子重重壓過這條崎嶇難行的小型山路，也把路旁盡情輾壓；而墾地菜農則大方清除了路旁視爲障礙的草木，向山坡索取一片又一片的耕地；至於無聊的登山者，沒事就沿途隨手以利刃斬過可及的草木。因而在往後可預見的破曉時分下，依然可一眼看清慘劇會繼續發生。但此時的政府保育官員，可能還矇著頭在睡覺。

所以，保育官員也就沒機會聽到山紅頭竄飛在更遠草叢裡細緻鳴叫的聲音，也不識小彎嘴總是咕噥的抗議。我難過的是，如果我們的保育官員對山林的認知，僅止於自然生態學上的無數理論，或幾個保育條文，那麼我還能期望他們能在破曉時保持頭腦清醒嗎？

七點正，五色鳥大張旗鼓替代了竹雞，向山林宣告某棵樹是牠的屬地。一隻褐色叢樹鶯流連在山彎的一大叢咸豐草中，但早操的時刻才開始，首先伸展左邊的翅膀和尾翼，再抖抖修長尾羽，接著換右邊翅膀和尾翼，至此便可進行牠的早點了。我觀察牠一陣子，也只能陪著靜靜守候。

稍晚，在八點一刻，樹鵲才匆匆由山谷的樹林裡拋出嘎嘎的粗糙叫聲。我必須仔細分辨，始可將牠和烏鴉做區分，而距離我上回聽見牠的叫聲，足足約有十年，那十年的前半段，每個破曉時分就出門上班，鐵石心腸地把時間分給城市的工作。

我再度前進。天光趨於穩定地透過雲層泛出如霧的光亮，氣溫也稍許回升，這促使各種鳥雀的啼鳴交雜在一起。我開始顧此失彼地錯過某些鳥聲追蹤的契機。通常，合唱的多種鳥雀會在十二月破曉後的七點一刻左右，集體譜出山林之歌，擾亂我忙於奔波般的觀察心緒，於是往往得放棄左右逢源的抉擇。

山紅頭並沒有太多的歌可唱，但此刻則離開山壁矮叢深處，溜到較開闊的草間帶活動。倘若牠想在冬日裡多享受點日光，晒乾身上的濕氣，這正是絕佳的時機——登山者走遠了，菜農已結束工作下山，山居者仍在睡夢中，只有我靜極地藏在路邊的角落，動也不敢動地悄悄望著牠而已。

令人厭惡的，一向是山居者飼養的狗，總皂白不分對著路過的我大加撻伐，好像我在遠遠的即已入侵到牠們的領土一樣，而忘了自己據地爲主的行爲是令人不齒的。牠們的狂吠囂張，越過柵欄上的「禁止入內，有惡犬」警示牌，狠狠對著無關的人下驅逐令。如果讓牠們脫離籠子的控制，那麼牠們也會毫不猶豫地群起衝到我身上。在動物認知的觀念上，無論任何對狗的讚美詞或善意的說法，都無能改變我獨獨對生存於這山林的狗的強烈厭惡感，以及對狗主人的不屑。

牠們可以惡狠狠地不分細故，打破山林破曉的寂靜，也造成另一種危機。也許我應該理所當然地找上霸佔林地的狗主人，質問他誰才是這山林的眞正擁有者。可惜他不曾出現在我入山的時間，也無法阻止牠們不友善的霸權行徑。還是往回程的路走吧，鳥雀在狗的狂唁中噤口。

接近八點三刻，我在返途的山谷邊緣巧遇難得一見的鳳頭蒼鷹。牠背著我，隔著山谷遠遠的邊緣，靜靜等待在突出上空的粗根枝椏上望著谷地的動靜。若是要期待滿意的氣流升起，那或許尚得稍待一會。我乾脆找個路旁廢棄的破落桌子坐下來，看誰耐力撐得久。

十分鐘過去，牠仍如雕像般靜止，我則頻頻調整沈重望遠鏡的焦距。我們之間，至少距離一百公尺，越試圖看清牠，就越令我的眼睛吃力。又十分鐘消逝，牠終於微微向枝頭的方向，橫橫跨出幾步，鮮黃色的利爪相當醒目且令人印象深刻。那是一雙可以對著赤腹松鼠刺肚剖腸的黃色利爪，這點絕對不用懷疑。

現在，這隻鳳頭蒼鷹儘管背立著我，但我仍可感覺到牠的眼光，未曾離開過牠腳下山谷的任何風吹草動。牠享有一切的制空權，以及對山谷所有其他動物的主宰權，如今只是看牠的一對鮮黃利爪，和一對強壯翅膀是否寬宏大量。對一隻有需要才出擊的鳳頭蒼鷹，山林的生態得以延續，何況牠偶爾也會失手。

牠移動的身態是沈穩的，不知道是否破曉前就佇立在那裡。在接下來的十分鐘，又保持不動如山的姿勢，低著小小頭顱注視著牠龐大的產業。我手瘦地擱下望遠鏡，再抬起來時，牠已消失在鏡頭的焦點。在我往山下回程時，一路想的都是鳳頭蒼鷹那一對顯眼的鮮黃色爪子，閃動在破曉後的綠色林子背景之前。

鳳頭蒼鷹似乎以牠的首度出擊，來結束一回破曉的氣氛。

至此，天光會逐漸完全散發它的熱度，接著不久，十二月的鳥雀們也會緩緩歸於暫時的寂靜，直到牠們想起嬉戲，或飢餓。

但這樣一本自然博物誌的破曉第一章，恐怕也沒有幾人讀過它。

野地的陰影

生活在野地的貓和每一隻狗，
都幻想這山林是牠們的私有地，
同時可以肆無忌憚地控制一切。
在牠們嗅覺所指的方向，
誰都得認真思考自己的處境。

低溫相對於野地的複雜性，它在流瀉於地表上時就顯得單純多了。但同時伴隨而至的，是嚴肅凜然的灰色天空，和濕濡葉片與土地的雨。

假使試著在這種低溫下尋訪某些鳥蹤，因受凍所引起的騷動，那麼必須比牠們更挨得起寒冷。而牠們的騷動突顯了低溫帶給午後小盹的不安穩，以及打破寂靜的剎那懊惱，和隨即而來的食慾。

我期待著，期待著想看看一小群白腰文鳥在二月乍暖還寒的初春裡，沿著草叢的掩蔽處，除了不挑嘴地撿食遺落的草籽，還能做些什麼。

一株被細毛且散生扁平銳利鈎刺的蓬虆，在冷風中盡情盛放著白色花朵，向野地吹起早春之二月曲。這種根可疏風清熱、涼血袪瘀，葉可治外傷出血和肺部咳血的薔薇科灌木，是方圓五十公尺內唯一的一株，但似乎未得小彎嘴的青睞。

也許對熱愛批評季節的小彎嘴而言，蓬虆的曲子只是代表春天不遠的號角吧，一切都得再待一會兒。

牠們現在只願遠遠靜觀其變，必要時大聲地於野地山坡的林子裡抱怨雨滴沾濕了羽翅，但只要一批評，就有附和之聲由對面山巒相互應合。

因此，我覺得任何不順意的事最好別落入小彎嘴的口舌之中。

當經濟學家嚴正地批評政府財經單位的經濟政策搖擺不定時，他們卻不知道每隔三五天，一條新的山徑就會出現在野地深處，蜿蜒通向不可知的地方；他們更不知道流浪或者被漫無目的飼養的貓狗，正伺機佔領野地。

或許，我們有理由去信服防止經濟風暴的相關建言，以確保我們的物質不虞匱乏，但是我們又能提出什麼良方解決野地的危機？擁有野地的人應該站出來說話，但沒有，他們往往在經濟暴風圈的城市裡。

野地肥沃的黃泥土，可以讓看起來不相干的油麻菜，在不久的春天中撒遍鮮黃花穗，但對同樣人工種植的木瓜樹卻無濟於事，也許經驗豐富的園藝家可以告訴我答案。

不過，有些答案是不言可喻的，當我悄悄順著芒草與狗尾草聚生的道路走，細心聆聽某些令人捉摸不定的啼鳴時，一隻貓乍然由草叢底部露出行藏。

牠似乎在草叢中潛行許久了。一隻家貓在溫暖的沙發旁發呆並不能標示什麼，但牠鎮定地穿梭在野地，在以草木爲家的野鳥野地，我是相當駭異的。

如果野地沒有牠尋常的食物來源，那麼一隻看到我卻不陌生的貓，必有其賴以維生的生活之道；我想像牠逐步被生存所挑起的野性，對著停歇的鳥、一隻保守的竹雞或一窩留下氣味的地鼠，從深邃的眼神中閃現貪婪的飢渴目光。

一隻與野地不相干的貓，其蘊釀的危機，也正悄悄席捲著。這是我已難得一聞竹雞起床號的原因嗎？那臭狸的沙啞聲呢？這野地因少了牠們卻多了貓而顯得吊詭多疑。我打個寒顫，思索著是否該去揭發新山徑的秘密。

在任何一處野地，我們的駑鈍使我們見識到所有野生動物的靈敏機巧，既使是一隻家貓也表現得比我們好。而一隻再駑鈍的貓，也不會大搖大擺地走在山徑上，但如果是我，卻仍擺脫不了某種程度不可名狀的陰影。

而貓的陰影正躡手躡腳地潛伏在野地某個角落，可能啣枚在山徑轉彎的蛇木群落之後，也可能守候在有著野薑的溪谷中，或踩過搔著肚皮的香附子等待任何風吹草動。

牠無所不在，於隱微處穿行自如。

倘若，野地的動物活在對貓的恐懼中，那麼貓也活在對狗的恐懼中，而我始終無法臆測野地對山徑的恐懼，是否基於對人類，尤其對闢荒者的無奈？

像野地的闢荒者一樣，有人無心地將狗帶到野地，然後就置之不理，而認爲狗可以忠誠地爲他護守土地，以及用唁吠和尖牙就能對土地上的一切操生殺大權。

但相異於只潛行於掩蔽物的貓，多數明目張膽的狗一旦被指定擁有野地，牠們即盤據在道路山徑上，用豎立耳朵偵測所有異狀的聲息，用兇狠的眼睛搜索一箭之外的可能蹤影，用狂吼的喉嚨警告來者，並與同類互通情報。牠們的聲勢迴應在野地山林間，對大冠鷲根本不屑一顧。

春天來時，牠們成群結隊佔據通往野地和野地各處路徑。

如果興起，戲弄地追逐幾隻慌亂逃竄的赤腹松鼠消遣，這是牠們無聊解悶時慣用的伎倆；或者對著草叢裡的鷦鳥大開殺戒，或將利爪伸向難得出來呼吸新鮮空氣的野兔後腿。在闢荒者和喜歡佔地為王的人眼中，野地是無趣的，但狗卻總是會找到自認有趣的事做。

當我放輕腳步，走在野地的任何季節裡，都能感受到牠們的存在。

牠們被放任地繁殖後代，呼朋引伴和不曾有教養地排遣，因此我是多麼渴望手中有一把彈弓。

貓對於我的出現，煙般又迅速回竄，從草叢裡消失了；而狗則仗著虛張聲勢繼續對著我咆哮，並且引來附近的呼應加入無端端的聲討陣容。

我並不懷疑一隻受良好訓練的獵犬，可以激起獵人對野鴨的熱愛，但這野地並沒有獵犬熱愛的野鴨和足夠的野兔，因此彈弓也應足以使這些性格拙劣的狗受到教訓。

我想，生活在野地的貓和每一隻狗，都幻想這山林是牠們的私有地，同時可以肆無忌憚地控制一切。

在牠們嗅覺所指的方向，誰都得認眞思考自己的處境。

一隻朱頸斑鳩從索食的草堆裡，嘓嘓嘓慌然一掠向樹林，因爲牠必須讓出空間給一隻不友善地闖入野餐區的狗。

事實上，張著嘴的狗也許只想給牠開個驚駭的玩笑，但這玩笑卻也彷彿驚動了整片林子，我可以清晰聽見一路走避一路懷恨，怨聲不斷的小彎嘴倉促遠去跌跌撞撞的飛走。

對原是野地居民而言，貓狗的野性這時才呈現出來，卻是牠們無法承受的，從此也將適應來自地面更新的威脅。

在前幾波寒流來臨時，我在破曉前就抵達野地。黑色樹林中即有貓的陰影在搜尋，牠可以文風不動地盯緊著獵物出沒的地方，像凍僵的一團小權木叢，即使是環目越過溪岸一片落葉枯枝上，也絕對毫無聲響。

我深信，見過牠眼中閃著寒光的，不只是我。

此時，牠眼中的獵物也必須保持不輕舉妄動的自保原則。但相對於狗的威嚇，最好的策略是避得遠遠的，以免自己的氣味洩露給對方的鼻尖。

每一隻貓或狗似乎都不會擁有長夢，只要夜色降臨，枝幹不能留住風，牠們就很容易且不自主地從風的氣味和行蹤裡，找到衝動的理由。

但黑夜也給牠們最大的掩護和藉口，而我通常不知道牠們在夜幕低垂後，到底又對著野地的鳥獸做過什麼邪惡的突襲。在自然界裡，我信服弱肉強食的天擇，但從來不同意加諸在它身上的額外負擔。

一種近似猙獰的陰影，已隨著人跡開闢出來的山徑而擴散在野地各處。所有以各種不同原因進駐在野地的人，彷若唯有將貓狗帶在身旁才有安全感似的。他們知道這野地實則已充滿危機了嗎？我看見定居在野地的貓狗，已將其他鳥獸原本平靜的日子，視為利爪下的桃花源。

在令人望而生畏的山徑行走，還確信那傳至耳中、眼裡的騷動，只是一隻碩壯的臭狸驚醒嗎？還是一群鷓鴣的逃竄？春日已近了，但山林野性卻逐漸蕩然無存。

人們在征服一座高山時，有時並無須用到耐力和信念，但只要把貓狗放逐在那裡，牠們就能忠貞不二地發揮本性。征服一塊野地更是如此。

所以，我不必疑惑隱約有股寒意襲上背脊，是否為最後一波冷鋒所致，就如同我對在野地流浪被寵壞的貓狗的看法，牠們似乎如影隨形的意味著教人恐懼。

林中漫步

我不急於趕路，
漫步在林谷可以讓我去洞悉一些事
或無所事事地坐下來，
享受有點憂鬱況味的蟲鳴、
清涼的冷空氣、
落葉下墜時擺動的舞姿，
那麼這世界也就不致那般無趣了。

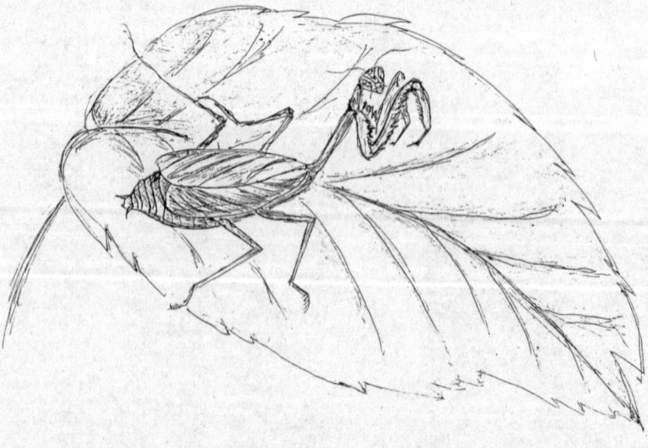

我盡力調配自己的體能和步伐，以最安適的呼吸向中和與新店交會的林谷進發。

當我將這一程漫步視爲一種考驗時，山芙蓉正接受冷的檢驗，少數以含苞待放粉紅色密被星狀毛的花片，緊緊包裹著自己，其他的球形碩果，也都披裹著毛茸蕭瑟著，冷風的手搖撼撥弄著它們。對於每一株山芙蓉而言，冷風渴望將它們染成雪般的白色花朵。

其實，中午過後，只適宜健身漫步，卻不合於觀察野鳥。大部份的野鳥似在中午飽餐後有了歇息的睏意，四散回到隱密處的窩裡午休去了，尤其是在背風面山坡林子裡，或低陷的溪谷，牠們偶爾被人聲吵醒，不太耐煩地抗議幾聲，可能又偏著頭睡去。自從人們把爬山當成運動休閒，只要小徑走到之處，就再也沒安寧過。

經過鋪陳小徑蜿蜒隨著山勢高高低低爬行。在市公所的官員眼中，只要多闢幾條小徑，多設置幾張坐椅和幾座涼亭，就可以視爲市政建設功績；爲了怕人們忘了官員的所作所爲，往往同時不忘在坐椅及一些路標上印上公家單位醒目頭銜，從此以後就可以撒手不管。因此，在野鳥也抗爭無效、官員無力干涉之下，沿著林谷的一路上有人闢菜園私用，有人圍籬佔地強用，法律一旦走出城鎮，彷彿失去任何效用和意義。

一隻毫無睡意的白頭翁在一九九八年末的冷風中，以大聲公然倡導自己的立場，但顯然沒人在乎，因爲包括市公所的官員在內，這一大片林地山巒的一切，全只登記在公家單位的一紙財產資料中，而所有人絕不是白頭翁。

我微微發汗走上陡坡，轉個彎，便開始被山勢包圍，路邊的稜果榕雖然早在夏季就結實纍纍，適合採食其有堅硬的隱花果，洗淨後切開，去子稍事晒乾，再加糖醃漬食用，但如今冬日裡依然令人側目。我隨手摘下一只稜果，深綠不褪的外殼一點也不吸引野鳥的口慾，雙手撥開只見淡紅花萼般細碎形狀、塞滿直徑約一公分的果實內部。即使對蛾蝶來說，這樣的造型結構永遠是個謎，在傳播上不具深義。我也無法解釋，像稜果榕隱花果爲何要如此排拒蟲鳥的造訪、取食，而寧可相信這一路出現路旁的整齊稜果榕，當初絕非靠蟲鳥播種的，它們之所以依然存在，也許很單純著眼在它濃密互生的長橢圓形葉片上以便遮蔭罷了。

於是，我想到爲何不種植野鳥喜愛的雀榕？坐一會吧，我有點喘氣了。或許官員或據地爲王的菜農，如果懂得回饋的美德也是一項功績，那麼雀榕是可爲許多心生不滿的野鳥們堵堵嘴的。

但冷風並不足以阻止咸豐草和昭和草開遍沒有柏油路的畸零地，它們爭著冒出頭，各以小朵管狀花與頭狀花迎風顫抖，不過腎蕨、過溝菜蕨和山羊蹄也不甘示弱，大舉佔據山溝和山壁等領地；烏毛蕨則分佈在數量頗眾的蛇木腳下，試圖在有限的空間裡搶到一些難得的日照。我循著幾句小彎嘴的叫噪，轉向一條路邊小徑，複雜的草木非常合適各種小型野鳥生棲，蛇木則帶有史前氛圍的原始景觀高聳散佈，有幾株從魚池邊撐起，再將倒影奇異地投入水面。

有人安靜地垂釣，我卻渴望遇見魚狗。但我還是決定先探訪小彎嘴，只是在上前一箭之遠後，整個山林立即安靜下來，野薑似乎沒有吐蕊的心意，披針形長橢圓葉片卻綠油油如上了一層臘，沿途令人期待，小股澗水直接穿過野薑群落入亂石間，淙淙注入魚池水塘。某些蛺蛾被草花誘惑著不忍離去，在野鳥午休清醒之前，牠們有的是時間東逛逛西坐坐。

所有的植物並不需要成噸的水，一場雨也就夠了，它們把一半留給自己，另一半送給山泉，即可以在人們或官員無心眷顧的偏僻之地繁衍成長。如果擁有一切所有權的官員不私心地將山林劃爲建築用地，那麼下個世紀來時，它們還可以苟活殘喘，邀來蛾蝶蟲鳥做伴。但儘管可以把一切權利鎖在市府單位的檔案櫃中，卻不曾以自然環境爲考量，任由人劃地自居或承租開墾，從不找來野鳥蓋下同意的爪印。坐一會吧，我有點喘氣了。在小徑的盡頭，有人圍起柵欄，讓人連遠眺的機會也沒有。

往回走，魚池是由天然水塘形成的，垂釣的人既然多了，浮標就希望擁有更多無聊消磨午後的時光。我的微微失望，並不在意沒現身的魚狗，卻是對率先被釣起的一條小鯽魚感到莫名的失望。每一支釣竿拋出釣餌和浮標之後，某種慈悲似乎也隨之瓦解，儘管我聽到有人說釣起來的魚還是會放回池裡，好玩嘛。我想，魚狗不會出現是至爲明顯的，魚池水塘四周聚滿垂釣者，魚鉤四飛。有人只在排遣時間，但魚狗恐怕要的是唯有食物吧。

在魚池外圍的鐵絲圍牆上，爬藤植物首先發難，並且趁著幾場雨後的夜晚，攻佔了鐵絲圍牆大半領域，接著吹起勝利的喇叭花朵。不過，大部份登山客既然因這片牆擋住了眺望山腳的視線，也就視而不見地匆匆經過。我漫步觀察，滿心盼求能從爬牆植物上認出它們的名字，或牢記其特徵，回家後從圖鑑裡翻到它們的蹤影。

一隻草綠色螳螂藏身在葉脈間，由牠翹起的尾部和身軀判斷，大抵出生不到一周。我在長達三十公尺遠的爬藤圍牆上尋遍，卻未找到第二隻。以螳螂的身手行動力來看，我是覺得不可思議的，除非這是被牠劃定爲私人狩獵區。倘若冬日的冷風中，還意味著可找到溫飽的食物，那這隻不動聲色的穩健螳螂，以牠幼嫩的前爪尚得學習如何搶到一隻靜不下身的粉蝶才行。

跟所有駐留在山林的昆蟲一樣，牠們要的只是裹腹的一點食物罷了。一隻出生不久的螳螂造就不了一個天冷的冬日，但是某些落葉樹的枯枝，悄悄的在其他綠意中伸出手迎接冬季時，我還是感受到食物的缺乏，鳥聲偃息。假使在過去的春夏裡，周圍天籟的躍動勢必不可忽視，對螳螂而言，一隻粉蝶毫無聲息的翅膀鼓動，或許如雷灌耳。

坐一會吧，我有點喘氣了。

在這冬季裡，被我看成是厭惡的又濕又冷的雨，於山林或是甘霖。如果甘霖夠大，魚池水塘的水就溢出流竄，幸運的魚苗可獲得一次溪石之旅的優待。

但在下一場大雨來臨之前，我決心漫步那有著深厚樹篷的林谷。一條溪水清淺地沿著林谷而下，兩旁滋生多蕨類和野鳥憩腳的隱密處，以及被闢爲不規則狀的竹林。小徑在林谷裡換成木條砌成的階梯，是道地的登山步道。建構這條木條階梯步道的人，十分專心地把鐵釘打入木條兩邊與地接觸的位置，緊緊固定木條，看來是擅於木工的工人。當初這些工人在修築這落差大的小徑時，可否偶遇竹雞在附近探頭，而深感好奇？我沿途步下階梯時，類似的竹雞叫聲單調無趣地從溪流山谷掩蔽處傳來，那絕對是一種相互走告的警示聲音，告誡著有生人靠近。

就每一隻一向行動小心翼翼的竹雞看來，告誡的條律一定十分清楚：一、不得隨意接近階梯步道三尺的危險區之內，二、傳遞警告聲響時以單音爲之，三、無論任何狀況下皆不得暴露行蹤。有了這三條誡律，我只有蹲在步道旁的草叢外一動也不敢動傾聽的份。

那麼，坐一會吧，我有點喘氣了。坐在木條階梯步道上，我會更舒服一些，只有冷風如冷氣流在密切的冷氣房流竄一樣，冷冷的，像那湍流不絕湧上亂石的溪水，這個林谷在日正當中時，猶然享受不到陽光的照拂。有人在鄰近的巨樹樹身上釘個牌子，寫著字，但雨水模糊了字跡，只約略看出山谷兩字。這是中和與新店交界的一處林谷，從兩端城鎮前來登山的人，皆在這林谷的步道上擦身而過，對頭上腳下的草木視若無睹。健康，對登山客而言，只是不斷地運動雙腳前進而已。

我再次緩緩而行，人造竹林在溪水的另一邊有了新的景觀，蛇木則在溪邊依舊佔有一席之地，也讓出水流的位置。在其他的時間裡，我深信只要在溪邊谷地找張坐椅坐下來，就能明白爲何許多鳴鳥會喜歡這林谷的。不過，也許可學學一位年輕老師，帶著一小群學生前來調查蕨類分佈。他們帶著小圓鍬，挖入蕨類根部的腐植土歲月裡，打算帶回學校的實驗裡去，日後他們將由顯微鏡下觀看到植物的歷史是如何形成的。

在其中的一本筆記簿上，一支鉛筆在微暗的天光下，記錄了八至十種蕨類的數量；另一本記事簿的空白紙上，則畫滿了各式蕨類分佈的位置。不過，我猜想在所有配掛環保門牌的官員辦公室裡，絕對找不到一本類似的筆記簿。

正如配帶收音機的登山客，把收音機裡主持人的廣告語詞播著放著，一路拄著杖轉出林谷，消逝了蹤影一樣，我們的官員和民代亦往往對著環保大言不慚，卻不識蕨類般的教人不屑。

十二月的竹雞應該也會發覺，其實在這林谷裡是佈滿了無知官員的危機，從步道的規劃到谷地的開發，以致各種外來的觀賞植物移入，牠們只能在人跡消失時才露面，躡手躡足地步行於陰濕狹小的谷地裡，滿懷恐懼。在城鎮庭園中的南洋松，如果吐出新綠就表示冬季雖來，但春日已不遠了，不過那恐怕還有爭議呢，因爲林谷枝葉底下吊著的幼蟲草窩，還未破繭而出哩。坐一會吧，我有點喘氣了。

遍地錦這種匍匐性草木繖形科低矮植物在山壁坡地滋長，並不因冷冬而稍有怠懈。也許是太低矮了，因此採取攻城掠地的策略，在許多地表盡其可能地佔領，以接觸更多的陽光或雨水，如此以量見稱的策略應用，在其他多種草本植物中尤是普遍。相對於像蛇木這種高大樹狀的蕨類，就只能以巨大樹篷的結構取得有利地位了。

總之，整個林谷在各種草木的協調性上還能維持完整的平衡，當某種植物開始衰敗，另一種獲得優勢時，其實原先的植物已然在地裡準備又一回的反攻。只要沒有人爲的強力干涉，坐在面對它們的坐椅上，任何時節皆能觀賞到振衰起蔽的演化——只要看得夠清楚夠久，只要有心做筆記，任何草木都可在山壁坡地寫下榮耀的史蹟。

倘若，我能夠待到黃昏，那麼我就能辨識第一批歸林的野鳥到底是小彎嘴或是山紅頭，還是喧鬧不止的綠繡眼。只是，等不及的蟲鳴已細細唧唧地在谷地溪岸邊的草堆內，幽長地表明夜晚將是牠們王國的立場，任誰也無法否認這一點。然則，十二月冬終究來臨了，我只能想像會有不少生物開始進入冬眠。

再往前走一段，不協調的柏油路面又出現，靠著林谷的曲線沒入轉角之後，但沒有人知曉在此間鋪上柏油的偏好，反映的是某種優越的施工品質，還是爲了消耗原有編排的預算，而由官員所設想出來的績效。無論如何，年長的登山客拄杖走在這段柏油小徑時，可加速一些腳程，讓後來者沒有怨言。

至於我，我不急於趕路，漫步在林谷可以讓我去洞悉一些事，或無所事事地坐下來，享受有點憂鬱況味的蟲鳴、清涼的冷空氣、落葉下墜時擺動的舞姿，那麼這世界也就不致那般無趣了。

有一種我不知其名的蜘蛛，喜歡在幾處枝葉之間，連接織成一個立體圓形的網，細碎枯葉和小獵物皆逃不過它的掌握，風也經常吹得它又鼓漲又消瘦的變化，牠則躲在暗處伺機而動。而我，總望著蛛網會有何收穫而出神。

這種守株待兔的機制，其實也落在竹林的主人身上。竹林主人用了某種方法取得林谷一角的土地權利之後，起先耗去一些人力剷除既有土地上的草木，再改種一片竹林，接著在竹林前搭蓋起一間平房，並留下一塊活動的空地。當然，爲了出入方便也在溪流上架起幾塊木板爲橋。這樣就可以等待一個收成竹筍的季節了。他如果等待得夠久，那不僅竹筍可豐收，連竹子也可爲他掙得一筆可觀的收入。甚至無須天天守候，只要把竹籬圍於溪流一旁，大可放心回到城裡安睡，因爲附近的竹雞和雀鳥並不會偷走他可口的筍子，而我對那片稀稀落落的竹林也不怎感興趣。

倒是傍晚才探頭探腦、出來走動的鵪鶉或許對竹林的乏人管理，而尋到一處絕佳的嬉戲場所。可是，我總等不到鵪鶉。在所有進到林谷的人當中，唯有我放緩腳步，或是坐下來在等待什麼。

相思樹在谷地是相當少數，距離它最近的一株也在一百公尺之外的谷外，沒人知道是如何播種的。我仔細觀察過，谷外那株僅有手腕粗的相思樹，似乎也被周圍其他樹群排擠，因此顯得柔弱不堪，低垂的枝椏舉手可攀，想要見到滿樹黃碎花招展，可能得經過十數寒暑。至於谷地溪邊這株挺立的相思樹則看似老當益壯，細葉茂密毫無衰敗跡象，唯有褐黑色的樹皮裂痕四佈，成爲少數蕨類的寄居所，爲它的高齡配掛上敬重的花環。但這兩株相思樹絕無血緣關係。

若是能以什麼辦法得知老相思樹的年齡，那必定早在魚池水塘形成之前，或在官員未將林谷登錄於地方市府財產檔案之前。如今，我只能坐在它腳下的坐椅上喘著氣，憩息。

就每一隻還願在冬日裡流連不去的野蜂來說，相思樹絲毫不具魅力，牠們只願爲了幾朵未衰的野花大獻殷勤。說來奇怪，或者是偶爾露臉的陽光使野蜂還誤以爲林谷的秋天未走吧，牠們傾全力爲過剩的花粉證明美食是絕不容許浪費的。也是爲了這個原因，野花即繼續逢迎奉獻嗎？我不知道。在此兩個城鎮交界的林谷，有些事情的發生比俗事更單純有意思。

坐一會吧，我有點喘氣了。我從柏油小徑上又折返，因爲我依稀聽見垃圾車的音樂聲響由遠處傳來，那一定是來自另一端背面的山腳城鎮，之後不久，燈火也會在那邊閃亮。這林谷則不需要燈火。但每隻歸林的鳥雀，各自都能精確地找到自己的窩巢，這種能力是我始終百思不解的。有人問：夜晚荒野中發出聲響的動物都在做些什麼？有人答：爲了性和食物。但我可以肯定，鳥雀除外。

我漫步順著溪流走，溪流唱著自己沂沂淙淙的歌。從魚池水塘的小缺口開始，即一路唱得輕快，經過谷地時更賣力地哼著下山。卻可以輕易想像，當它唱下山後，就會失去清脆的嗓子，不會有人聽見了。現在，幸運的是在林谷間的這段，當有蟲鳴陪著伴唱，而聆聽可忘卻我腳掌痠痛的感覺，何況我們總期盼自己心靈裡也有這樣的一條溪流。

往回走，風喜愛躺在木條階梯上，碎陽則偏好跳上躍下，我的背包裡望遠鏡壓著圖鑑，筆和筆記本全沒動用過，但是午後將盡，雲可以解散了，而那隻螳螂前爪使我又有了回到野地的些許意義。十二月的螳螂依然得自食其力，儘管獵物少多了，幸好有夠多的掩蔽物，能度過一九九八最後的冬季應非難事。

對冬陽而言，雲並不眞的解散，當它們再行聚集，冬日才顯出冷冷的眞面貌，而激發出來年春天潛藏的意志力，但基本上，我往往低著頭漫步，有些生命的證據只有在地上才找得到。

從林谷漫長的悠悠歲月來看，我可能也錯過什麼。

小彎嘴仍然只聞其聲，未見蹤影，可是我為何還急著尋見牠呢？又為何總對著過去常見的蛇木審視良久呢？從一隻冷冬中努力不懈的野蜂身上，我可能不願錯過的是一股奇妙的勇氣。

野草誌

一月的野草種子外殼，
不因春天將臨而有綠意。
我小心翼翼地在強風中，
以拇指和食指謹慎地取下微粒種子，
不敢稍有大意地以指甲尖撥去外殼，
始能見識到微厘米的草籽，
又輕巧地倏然消失在風中。

一九九九年第一周的下午，我坐在龍磐附近的大草原上。大草原和百年前一樣，野草四佈與來自太平洋的強風對抗，一對抗就無盡不絕，互不退縮。

強風繼續狂作，一路直接越過海島最南端的斷崖，撲向林投堅固的城牆，到了林投城牆之後的大草原，即以側擊的攻勢，一波波向野草宣示它強迫的壓制力，只是百年來爭戰至今仍持續下去。對毫無後援不濟的強風而言，那意味著只要佔了上風，就無懼野草強出頭。

事實證明了強風的策略是正確的，絕大部份的草尖總是不敵而呈枯萎捲曲，但新葉則接續著蠢蠢欲動，有些必須輕輕撥開原已乾枯泛黃的葉莖，才能從它的內裡發現一片新綠縮著身子，等待時機接替大草原的地位。

在多半炙熱的日照下，首先蒸發了原留存在大草原的水份，再經強風吹襲，野草幾乎僅有坐以待斃。這是野草看起來齊頭平整，卻又呈現草尖枯萎捲曲的失水現象的主因。

我彎下腰，細心檢查方圓十公尺的野草，情形就如同前述，幾乎沒有例外；日照不但徵收了野草以一整夜收集的珍貴水晶財產，而且逼迫它們放棄向上發展的綠色產業，尤有甚者，狂作的強風更夜以繼日壓得它們抬不起頭。

所有野草以生命做賭注，在方圓十公尺百倍千倍的領地頑抗，但僅在觀光地圖上博得大草原的美名。

強風繼續狂作。

如果再壓低肩膀，那麼連三流的詩人皆可能由野草打旋、搖撼、顫抖的姿態中，清楚看見風的形象以及強度、走向和速度。不知道風的樣子的人，或缺乏想像的人，或許更應低首，謙卑地去傾聽野草是如何呼喊的。

但只有肯用雙手的人，始能眞正見識到野草最底層而毫無瑕疵的堅實神秘堡壘。用手撥開至少高過腳踝的野草群落之後，再以雙手食指向下挖至七公尺厚度的腐植層，即可輕易在塑造出如鳥巢的腐植草最底層，看到依然深藏不露的潮濕黃土，野草的根部四通八達地早已暗中建構了綿密強韌的地下王國；而屬於中間腐植草部份，雖然錯綜複雜的草莖都已泛黃，實則凝聚了多量未被強徵的水份，悄悄供應葉片及根部所需，在這彷若密不通風的草層裡，野草這精密高明的建築師，比人類最享盛名的建築名家早千萬年就懂得知道採用裝飾結構來欺敵，同時以最嚴謹的防衛兼運輸系統形塑其地下堡壘的神秘王國。

當水份被日照蒸發前，野草早已搶先一著，以外表看似枯黃的腐植層加以悄悄收藏，再儲存在佈滿綿密根部的土層裡，這種近乎完美的建構體系，對看似表面毫無干係的每一株野草來說，再度證明了強風和日照只能取得象徵性的勝利罷了。

如果，用心地拉起一株野草，那麼它的長度和牽連應足可環繞一圈大草原吧。我不知道。我低身而下地坐著，俯視著鼻尖下的野草，似乎總覺得無論如何的努力，也會錯失什麼。強風繼續狂作。

強風的兵力源源不斷搜索著看似被征服的野草，卻未料柔弱的草葉下腐植層依舊在枯黃的草莖內部，仍未甘於順從，甚至連根的泥土裡也生機勃勃。

我用手指試著搓揉黃土，細得蘊涵足夠供給大草原生力軍的水份，終年浸濕了大草原下的黃土，這也保證了野草下層的黃土領地，不似風吹沙的沙地一樣，受到野草的護佑。它們聯合起來共同對抗日照和強風。

但要長遠護衛自己的疆土，如此做還不夠，繁衍後代才能不受滅族的威脅。因此，野草盡可能結出種子。這些高出草尖達十公分的細枝柔莖，分別在枝頭向外長出數根微莖，每根微莖上掛滿更細微的草籽，並以厚實的殼包裹。

當日照炙熱得晒乾外殼，強風猛烈地吹彎了腰，在適當季節裡，淡綠色的草籽便順著乾裂的外殼釋出，有些被強風吹到數十碼或數百碼之外，有些則落在咫尺之處，然後掉入野草群落中。

強風此時意外地扮演了風媒的角色，像不斷搖動的篩子一般，把草籽搖入無數空隙的腐植層裡，再搖入溫濕的黃土層中。

假以時日，幸運而大量的淡綠色草籽，便可在極其安全的國度裡萌芽滋長，延續著強盛的國力。

若是在散播草籽的時間，我或者是無聊的人車，都不免在無意中幫了野草的大忙。只需褲管或輪轍的無心輕輕碰觸，那麼躲藏在枯乾外殼內的草籽便趁機溜出，再隨風飄散。

此刻強風意味著的不全然是恐懼，而是不經心的施捨。

不過，我深信一部份的草籽並沒有好運氣，它們逕自被吹送到寸草不生的礫石地或遠遠海的一端，而失去報效家園的心力。

另一方面，人車在這大草原的任何行動中也做出了小小的貢獻，但也折損了正在成長中的野草，看看平整的大草原被人車所遺留下來的醒目凹陷痕跡就明白了。

也許，包括我在內，坐臥在大草原上時，不必有過度的浪漫遐思，因爲那些陷入大草原的凹痕正提醒我們，我們對野草的生態知識可能一無所知。

一月的野草種子外殼，不因春天將臨而有綠意。我小心翼翼地在強風中，以拇指和食指謹慎地取下微粒種子，不敢稍有大意地以指甲尖撥去外殼，始能見識到微厘米的草籽，又輕巧地倏然消失在風中。強風繼續狂作。

絕多數的草葉除了從葉尖枯萎外，也從捲曲的葉尖向下，由兩邊開始衰敗。不過，由露珠製成的水晶寶藏，卻能迅速流經枯敗的葉緣，縮短被日照掠奪的時間，而被綠色部份的葉脈所儲存，收集在大草原王國的底層大保險庫裡，永續提供根部所需。

每一株卑微的野草都在這種有失有得的環境下長大，它們開出的穗狀種子比起附近林投所結出的多花球形聚合果，簡直毫不起眼且被人視若無睹。

倘若有一打的人懷疑林投的多花球形聚合果從何而來，卻大概沒有一人會誠懇地蹲下來，閱讀野草種子這本名不見經傳的小書。

但通常僅有肯放下身段、卑躬屈膝的人始有福一睹野草種子的生命史。至於一般植物學家，在他們龐巨的著作裡，恐怕連一張野草的圖片也匱乏吧。

不過，在任何時刻裡，對每一隻棲生於野草的枯黃色微形蜘蛛而言，大草原的王國是一片廣袤的宇宙，而牠們只求在幾片草葉間巴掌大的家園中活動。

這種蜘蛛的體色與枯葉顏色相近，因此一旦受到驚擾，便快速躲避以保護色作用求生。

牠們有的編織一張直立平面的網，如一面幟旗般連接草莖尖端，高高舉起而迎風招展，當強風吹起更微細的飛蟲時，就用它來捕殺牠們；有的則利用幾片草葉撒下立體的網，在網下拉出幾根蛛絲固定在下端的幾處草莖，以撐起由下竄起撲飛小蟲，且多半會不幸身陷危機的網。

這些微形蜘蛛僅有兩粒種子般大小，但行動敏捷，是絕佳的獵捕小殺手。

當一隻小到我的眼力也無從辨識其身體結構的飛蟲誤入陷阱，微形蜘蛛立刻迅雷撲至，不及掩耳地叼著便溜到網的一邊大啖起來。

如果說微形蜘蛛也是標準的機會主義者，那野草則將吸取葉綠素的機會，留給了那些嗜啃草葉如命的小蝗蟲或其他毛蟲等。也就在數不盡的微形蜘蛛悄然展開一場場的殺戮時，大草原的野草也受到相當程度的另一種損傷；葉片被斜斜或不規則的啃食。而我卻不致感到痛若或悲傷。

強風繼續狂作。幾輛遊覽車載來大群喧嘩的大學生，他們暫時拋開海洋書籍上的學問，湧向大草原，如同強風在野草上嬉鬧奔跑，像突然驚喜於發現一片厚厚柔軟的綠色超大地氈，便迫不及待地用力在上跳躍，嚇得草間的小昆蟲紛紛避難逃竄。

在這如綠色海洋的大草原，就我所知，它和海洋與風的息息相關，並不亞於這群大學生在課本上所讀到的一切海洋學科知識。諷刺的是，當他們遠眺那浩瀚海洋時，就忘了腳下踏實的弱小野草。

從海洋被強風吹上崖岸的水氣，當然也落到大草原上，但首先被林投的城牆擋上一擋，再遇上日照時，已在野草中消逝無蹤。我坐在高達小腿的大草原上，一九九九年第一周下午的風在耳際咻咻作響，大抵和百年前一樣，由於早有地下苦心經營的成就，因此就算面臨乾旱也捱得住。

幸好野草也在此生根了，所以幾乎可頑強地抵抗各種踐踏、風吹日晒，讓這片青翠繁茂的大草原爲我們的視覺留下歲月的見證，以致不必過於難過。

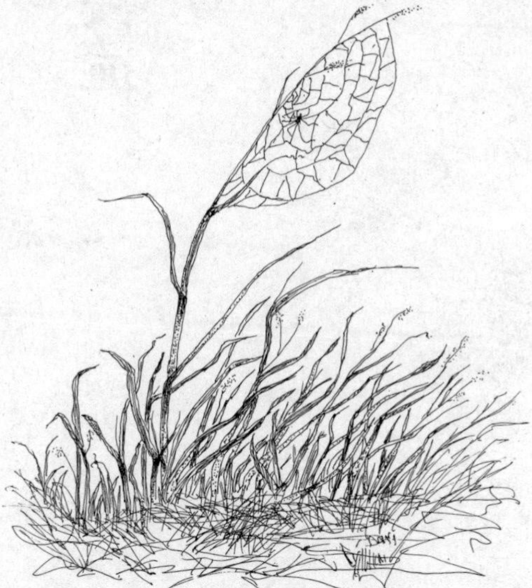

一邊工作一邊歌唱的溪流

但有些平凡無奇的音樂，
卻很少人聽得懂或用心去聽。
不過，即使最不懂音律的人，
都知道它的存在，
存在於某些谷地深處，
例如溪流之歌。

溪流向下切穿岩罅是宿命，向低處妥協卑下是天性，但是深藏不露於谷地間，卻始終不是本意。

絕大部份有野性的溪流，通常在初萌之期就接受來自四面八方，不安於壓力下而蠢蠢欲動的地下泉水的推拱，逐漸聚合奔流而下。這時，尋找某種自由的發洩勇氣，會因突然見識這世界的天地而益發澎湃。

橫木阻擋不了它，巨石阻擋不了它，山巒阻擋不了它，它自己也阻擋不了自己，因此它只好在山林的掩護下，低著頭獨自勇闖天下。

但若有谷地，那谷地就是它必經之路。

對急於闖蕩江湖的溪流而言，谷地通常給予的諍言，是腳步要放慢一點，你應該多看看腳邊的世界。即使是我也信守這忠告，否則將失去最貼近的美好事物和經驗。

在每年七月，野薑花用它淡雅的氣味薰染著像好動孩子的溪流；當四月如雪花堆積的油桐盛開，其柔美的手就疼惜般輕撫著溪流的背脊；但縱然是谷地慰藉了溪流的玩世不恭性格，卻也極其寵愛般將它嚴密地保護在懷裡，因此對絕大多數一出生即幼小瘦弱的溪流來說，它們的幸福似乎也建立在谷地重重的關愛中，所以它們也總會百般撒嬌地在谷地裡迂迴不忍離去。

這就是許多溪流絕少被大多數的人發現、在山林裡總是彎彎曲曲、繞來繞去還不願流向開闊地的原因？

如果是這樣，溪流的流連顯示著如同魚狗般的熱愛——不論溪流漲落，一隻流連的魚狗仍穿梭其間，低低地貼著溪流的胸飛行，並表示其忠誠。

不過，魚狗再怎麼表現依戀不捨，山谷仍私心地想保有這難得的溪流，同時盡其可能不讓人干擾和發現。它所使用的最有效、最自然的僞裝方法是讓整個溪流消失，就像魔術師施用魔法一樣，而應付這小小的變幻則只要讓溪岸兩旁的喬木和灌木叢，伸出無數的手掌即可掩飾自己，掩飾人們搜尋的眼光。

當然，大魔法須要更精密的手法，而把一條山谷最下層的小小溪流以掩人耳目的方式消失，那似乎是最輕而易舉的小技巧罷了。

事實上，欺得了眼睛卻瞞不過聽力，尤其在雨季之後的一段時間，只要能站在山谷上善用耳朵的敏銳去辨識和追蹤，依然可從遍佈樹篷的某個方位與範圍中，找到水聲出處。

接下來，也只需要冒險進入谷底，或是仍考慮再三，僅認爲傾聽即是最美好的事了。若是選擇後者，你將只神遊在想像的水聲之歌的空中旋律裡，而少了科學的眼見美學。

也許，有遠見的科學家都應該一邊專注著顯微鏡下的世界，一邊看看溪流。這個充滿科技產品的時代，雖然可錄製或憑空模擬出像樣的水聲，或以全像將溪流錄影攝取留存，但是卻無法把溪谷的歷史做生動的感受記錄。

溪流是一部山谷的生活史，用流水寫著年復一年的岩層編年史，用水聲寫著洪水的斷代史。如果，你是個帶著科學冒險精神的科學家，那麼當你小心翼翼沿著溪岸，忽而走在樹下，忽而陷入野草叢，你就會明白無數的現場歷史書並非只有歷史學家或自然學家和其他人始讀得，有些肯學習的謙虛科學家早已從這些歷史的吉光片羽中找到靈感，把發明造福給人類了。

這些博物的各種書，彷彿皆由溪流來總主筆，寫下許多人一生中都可能未見的光榮史頁。

當然，你也可以不是個凡事鑽研的科學家，你可以是好奇心勝過猶豫不堪的凡人，所以溪流之歌更具吸引力。

擁有部份段落溪流權利的地主，在他從地契上得知自己有如此財富後，似乎並未因溪流而增加心靈上的紅利，溪流之歌彷若只是他辛勤勞動時的耳邊風，他嘮叨地說上次颱風的溪流大水沖走了種在溪畔的芋頭。如果溪流眞是一首歌，那麼地主一定不曾相信他擁有的一張地契，是多麼與眾不同。

不論如何，溪流照舊沿著樹篷下、灌木叢邊的低窪地勢唱著山谷的歌，蜿蜿蜒蜒地唱。一張地契之所以値錢，完全取決於土地的稀有，何況它還具有歌唱的價値。好奇心則是發掘溪流之歌的動力。

這溪流流量在一般季節裡並不充沛，遇上狹隘之處，只能淅淅瀝瀝作響；當好奇心坐在岸上仔細打量時，平緩的大岩盤使得水勢立即受到平等待遇，發出潺潺柔情之聲；此聲息未歇，隆起的石塊又將流水擠向一邊，再川流而下時，汩汩急切如拍岸；湍湍之水有時聚合成岩盤上獨立的水窪，但多數的水則繞個彎繼續向下奔行，再面臨另一處下陷大水窪地時，淙淙一躍而水花飛濺，轟然澈響。對勞動於把棚架蓋在溪旁、種遍各式菜蔬的地主來說，近在咫尺的溪流唱的是一首歷史的歌，或是一首悠悠歲月之歌？

專精於將發明帶給人們舒適便利的科學家，是否也知道溪流之歌較之於任何發明，更能爲山谷季節添增無限生動的旋律丰采？許多人不懂。

連單單一隻藍背的魚狗低掠身影，亦教人驚豔。

關於溪流之歌，住在岸邊兩旁的草木都不禁低首俯耳傾聽，它們私心地企圖將陽光摒除在外，全部側身向溪中聚攏，緊緊圍靠成拱形，甚至有些就彎腰貼入水面，身入其境浸淫在沁涼的音符中。

幾隻初夏的豆娘在溪間突起的石塊上聽得出神，看來牠們是最入迷的聽眾；但幾隻水黽則各自找來舞池，隨著滑出優雅的圓舞曲；如果多在水邊的石塊上坐一會，你會發覺所謂不朽的音樂往往出自大自然之手，一隻巧妙將全天下音符皆收放自如的手。

但有些平凡無奇的音樂，卻很少人聽得懂或用心去聽。不過，即使最不懂音律的人，都知道它的存在，存在於某些谷地深處，例如溪流之歌。

對同時懂得歷史與自然的某些學者而言，一條不見經傳的溪流也許在旋律中又加入了歷史的歌詞，然後譜出關於山的自然史詩；營營於將溪畔的私有山坡地闢為菜園的地主，則把這首自然史詩的歌視為馬耳東風，為溪流搭一座木板橋或走過時，總馬不停蹄。

但一隻藍背魚狗在牠仰頭愉悅地吞下一尾從溪流裡獲得的小魚時，必然也十分感謝過溪流的歌帶給牠用餐時的美好背景襯樂。

一對小彎嘴毫不以為意地藏在灌木叢裡啼叫，暗示每一個季節都會光臨此地，並對來自溪流的旋律大聲品頭論足，以表示牠們和其他鳥兒一樣具有音樂素養，至於批判精神則來自音量的大小決定評斷。

走出戶外並向前看的歷史學家，又是如何看待此事的？當他若有所思地踽踽走在岸邊，渴望清靜能解開一樁歷史謎團時，也有一樁歷史的謎自史前冰河期起，即讓歷史學家困擾不已，那是關於生物起源以及人類歷史之謎。水，始終川流不息地流向茫茫歷史大海。或許出現在岸邊的，只是一個迷途於荒野的登山者，他從溪流裡汲一口水，然後站在水中攪得混濁不堪。

或許以上情形皆非，我只是無聊地巡走在岸邊，努力試著聽辨溪流的聲音罷了。

一條野性的溪流並不容易馴服駕馭，但在面對頑固尖銳的岩塊時，它似乎只能耐著性子，表面上百依百順的馴從；當山被時間之流切割，當岩塊也被磨光嚴厲的角，激越就逐漸歸於平緩，溪流的形塑也就蜿蜒成形，成爲野地的一部份地景，看起來柔順地如山谷的圍巾。

每年被地主視爲苦惱大難的雨季一來，他也停止一切勞動，甚至不再關心因破壞所造成的損失。

他必然知道，舒適悠閒坐在城市家裡的電視機前觀看螢光幕上的雨勢氣象播報，就能和往常一樣，心裡有底地盤算山溪漲幅的高度、菜畦的毀損程度。

對一個有經驗的播種者來說，只要去聽聽溪流流動變化的聲音，大抵就能判斷雨勢、溪流、菜畦三者的關係。但他並不在意是否親自跑一趟，一切都留在雨季解除後再說吧。

不過，溪流不因此而停止。一隻攀木蜥蜴逗留在溪床石塊上時，輕輕舔著濕潤的空氣，牠心裡面所想的是不是水生的獵物更爲美味？

一隻在臨水草間結網的人面蜘蛛，必然是這麼想的，因爲牠正對著自己懸掛在門楣上的食物感到十分滿意。何況附近到處飛滿誘惑力的蝶，足夠輕鬆吃一整個季節。

溪流繼續工作著，繼續向下切穿岩罅，繼續深藏不露地浸蝕最深沉的岩層，一邊努力工作，一邊唱著歌，沒人可以否認它的才氣。這也或許是它令人想接近的原因。

一條一邊工作一邊唱歌的溪流，一條總愛流連於山谷不忍離去的溪流。

都市之鳥

我不是牠，
中年的人對生活還有什麼更佳選擇嗎？
在這大都會鳥籠裡，
我們並沒有比任何一隻滯留於街邊樹上的
白頭翁喜悅、尊嚴、活得更如意。
清晨時分仍有些綠繡眼會出現，
唱著如彈弦的優雅音調，
從這一株樹飛到那一株樹，
一路上彈著弦琴唱過去，
但除非用心或運氣，
否則是無緣體會或見識到的。

仍是炙熱如烈火般的八月陽光，毫不吝嗇地照在所有高樓大廈的頂部。但陽光中則有深藍而全無塵埃的天空，緩緩駛過的雲之艦隊，襯著高樓大廈的頂部，在東方天際大舉集結後，才悄然開跋掩至，並以幾乎難以破解的團結隊形，向西推進。

隔著高高的一列長方型玻璃小窗，我站著，一邊努力地尿，一邊抬頭透過那列玻璃窗外望，望著雲的艦隊從深藍海洋中水波不興地寂靜，寂靜地駛過。熱，繼續在那空間裡醞釀著。然後，我回到冷氣房內儘速又將一大杯水分次喝光，再重返廁所繼續地尿，繼續抬頭望著高高玻璃窗外的天空。人到中年，確是需要更多的水，即使是每天分批吞下足夠劑量的綜合維他命、保肝丸，以及夜晚睡前的一小杯葡萄酒，我還是努力地喝水，以便用它來支撐身體，好去應對彷彿依舊如影隨形，拋脫不了二十幾年的工作。

高高玻璃窗外也的確有水。

水，是從水塔上端水管與水管的銜接處溢出，涓涓滴滴的水經陽光的配飾後即顯得晶亮白花，十分耀眼地顯示它的重要性與存在。這只要我抬頭，便能透過高高玻璃窗，望見隔鄰另一座高聳大廈頂樓陽台大型水塔，正好佔據整列玻璃窗天空一半的面積。我注意到從水塔管線濺溢而下的水，長久以來便跌落到正下方陽台的一處鐵片圍成的小格盒裡，在毫不至於發生乾涸地形成滿盈的小水窪，當滴落的水再從小水窪上彈起時，四散的晶亮白花的水珠是頗具魅力的。除了吸引我之外，還有一隻視它爲絕佳露天浴池的白頭翁。

如果我是牠，我也會選擇這處終年最完美的沐浴之所，用它來沖涼，沖洗每天疲累而滿佈塵土的翅膀。牠，顯然比生活在這都會裡其他如綠繡眼、斑鳩、麻雀和家鴿等皆幸運得多，只要願意，在任何時間裡都能享受一身無比暢快愉悅的澡。

牠總在不怎麼固定的午後時間出現在小水窪上的水塔欄杆一邊，先喘了喘氣，好像在辛勤忙碌了半天之後，應該自我獎勵一番似的，而選擇了這能好好犒賞自己的方式。然後，毫不遲疑地躍身下水。

清洗羽毛若是對牠十分重要的話，那麼這幸福的白頭翁也著實選對了淋浴和泡浴混合式的方法，因爲小水窪的高度，水面彷彿正好浸過牠的腿部，而從天而降的不斷水滴如蓮蓬頭注出的氣勢，淋灑在牠身上。於是，從頭淋下的水勢，能讓牠自己在悠閒地得以沖洗左邊翅下的熱氣，洗洗右邊肩上的灰塵，當又淋了一頭清涼無比的快意時，這也就是眞正生活了。

不過，在享受這快樂時光時，牠也覺得站在小水窪中踩踩水，讓積水汩汩溢出，同時在飛散彈起的水珠裡放肆地唱著歌——如果可以的話，牠應該也會這麼做吧，儘管牠平時的歌聲並不如何傑出。若我是牠，我要唱什麼歌呢？當年歲越長，就越能體會越困頓時越需要唱歌的吐露，但卻是苦中作樂的況味，令人嘆喟。

這隻得天獨厚的白頭翁了解何謂嘆喟嗎？至少當牠浸泡在這露天浴池裡時，任何煩憂皆可拋。所以，牠盡情的梳洗一番，幾度重複整理全身各處的羽毛，好像不這樣做不過癮似的。

細細水花在陽光中發光，而牠的羽色在發亮。

我從牠專注於沐浴梳理的過程中，看到洗澡原來可以這般幸福美好。

我繼續努力地尿，隔著都市玻璃窗，仰頭看牠滿意地跳出浴池自足地拍拍手，一振翅，飛上欄杆，從此才是牠眞正悠閒曬太陽的開始。

頂樓陽台上的風應是微微的，這可從雲的艦隊駛過蔚藍天空之海的速度判斷。在多數的這種時序裡，牠好整以暇地抖去一身水漬，高高挺著身站立著，有時打個盹，有時無所事事地接受一陣的風吹日晒，但總會是不錯的選擇。

我不是牠，中年的人對生活還有什麼更佳選擇嗎？在這大都會鳥籠裡，我們並沒有比任何一隻滯留於街邊樹上的白頭翁喜悅、尊嚴、活得更如意。我們會無端端爲一些身外之事惱怒，也會無端端被迫煩惱一些事，也許除非變成一隻鳥，才有機會脫離這巨大的大都會鳥籠吧。現在，這眼前的白頭翁精神奕奕地獨立了一會兒，確定這浴池仍是自己的勢力範圍之後，立刻拍拍翅膀飛走了。牠不在的時候，當然也不會煩惱這露天浴池是否偶爾落入他人之手，比如說另一隻總是晚到，較聒噪的麻雀。

玻璃窗的這一邊，我繼續努力地喝水，只是為了支撐一具中年疲勞的身軀。

曾有段時日，總在早晨路經中正紀念堂前，忙得像狗一樣把拚命追逐到口的獵物，咬回給主人。

天氣好時，早晨的朝陽就將大門牌樓的影子推過門前的小廣場，一直推向馬路，然後隨著日上竿頭，再緩緩將影子拉回牌樓下，在這一推一拉的小廣場上，一群毫無紀律的家鴿不知從何時起便習慣於群聚這空間裡。

若是九月，更是家鴿交配的季節，牠們選擇早晨時間裡去搶棄滿地的豐盛食物，而追逐愛侶，其亦步亦趨追逐的情形，總會在群體中引起小小的騷動。出現在大門牌樓前小廣場的群體中，麻雀們混雜在家鴿們當中，牠們一起分享人們不斷丟撒在小廣場上的玉米等美食。這些不虞匱乏的食物，必是吸引家鴿與麻雀群聚而和平共處的原因。

但是，汽機車在僅僅幾步之遙外的馬路忽忽轟轟掠過。車上車裡的人似乎無視於牠們的存在，牠們也只顧自飛來討食、逐愛，以及散步走走。在忽忽轟轟的車陣中，我往往會脫困而出，在小廣場邊緣停車熄火，望著家鴿追來逐去，望著麻雀飛上掠下，望著不知是早起或昨夜全然未歸的人憑靠牌樓下，靜靜地等待自己和群鳥皆受不了陽光的熱度，才各自離去。

小廣場上除了這些人以外，有人把車靠邊停後便迫不及待地閉眼，尋找睡意；有人是早早就被遊覽車載來，在小廣場上驚起牠們平靜的活動後，匆匆拍幾張紀念照即又走馬看花往裡趕；有人似情侶般依在一起，默默靠在白色牌樓下乏力地撒著玉米。但有時的情況有變，戴著閃耀白光頭盔的憲兵會趕走閒人，定定站著，當他們背後若襯著搭起嚴肅的篷子與鋪上紅地毯，那表示除了代表自由和平寓意的家鴿，以及不拘小節的麻雀可以隨意繼續逗留在小廣場上之外，誰都不免受其無比威權般的氛圍排拒而卻步！

在塑造著威權式的時空裡，我經過時只是冷冷地看一眼，即車不停靠，頭不回望地駛去。對被寓意為自由和平的鴿子而言，當牠們總是不分皀白被自稱所謂和平使者，或被冠上獨裁者的人，從手中放逐到天空時，自由和平似乎是一種象徵而已，而且很快隨著撲撲飛上天而消逝。中年的我需要自由和平，但我更需要生活。

這些不事生產而閒來無事的和平鴿，總是和半箭之遙的忙碌人車形成強烈對比。但也許牠們總是因為被人拿來引喻表現自己是多麼的熱愛自由和平，所以也能享有無限的自由和平吧，比如牠們可以視若無睹地把偉人銅像踩在腳下，也可以在聖賢與惡者頭上撒尿，可以在戒備森嚴的憲警人員目不轉睛的寒光下大步進出。而跟在鴿群後頭的麻雀們，卻只能畏畏縮縮、亦步亦趨的撿食牙慧餬口罷了。

秋陽如虎，即使是早晨也令人車避之不及。我停車躲在大片牌樓的陰影中，這樣可以獲得片刻的喘息與避暑。在陰影之內，和陰影之外大概是閒與忙的分野，但是我也無法長久待在陰影之內，更何況颱風正於遠方醞釀。不過，鴿子擔心的會是什麼？

陰影之內，鴿群自由地追逐求愛、啄食、散步，以及打盹，絲毫對附近人車價響，甚至身邊就近的遊人腳步習以爲常。牠們知道，會有人在這陰影下的廣場上撒落美食，而且沒人敢動牠們半根寒毛。

牠們走到哪，麻雀就跟到哪，縱使受到意外的驚擾，麻雀也會警告般先行倉卒掠起。悠閒的鴿群，畢竟是受到人們呵護的多，因此通常也似乎反應遲鈍，紛紛急步四散後，回頭見狀況不妙才又後知後覺赫然急急拍翅逃開。

總是這樣，我在中正紀念堂大門牌樓陰影下，偶爾停車觀察這處鴿子廣場的變化，就經常心思起伏。

有人在這鴿子廣場上依偎著低語或無言，有人在這鴿子廣場上便衣巡視，有人在鴿子廣場的陰涼處開始睡回籠覺，有人在鴿子廣場無聊地走動探看，有人在鴿子廣場無意識地撒下一把把的米食。我只是不希望有人妨害了鴿子廣場的人的自由，和鴿子的生活。

經過時，我不會在鴿子廣場停留太久，因爲秋天陽光太毒，我更要繼續奔走。

因爲一些樹的魅力，所以有一些路才有情調。

像台北市的敦化南北路、中山北路，甚至只有路邊樹的承德路都是因爲樹的魅力而知名，其他如今日的羅斯福路就遠遠不及昔日的情調了。樹，其實並不如都市開發計畫者眼中那麼罪不可赦，看看醜陋無比的羅斯福路就知道誰才罪惡深重！

但是，不能吸引鳥的都市之樹，就如同無法吹奏出樂音的樂器一樣虛有其表。不過，事情總有例外，以大理街中國時報的情景爲例，若是從新大樓大廳中往大片落地窗的背景望去，一株乾枯的大樹就突出於眾綠的群樹之中，這株表皮剝落不全卻經常吸引麻雀、野八哥或珠頸斑鳩光臨，如果我從五樓陽台往它望，也往往會有所得，那畢竟是一株老而彌堅的樹，灰而帶點淺褐的樹身正好與野八哥等的羽色相同，所以如果牠們不動，就如深具隱身術般叫人讚嘆，這也就是牠們有時只選它上身，而放棄鄰近綠樹的原因。這樣的一株樹，依然有可以吸引鳥雀的魅力。

九月，是某些禽鳥交配的好時光，像在都市裡經常可見的野八哥，已經開始成雙成對同行了，也因爲牠們在息翼試圖把身子穩立在顫危的樹枝上，那麼略顯笨拙的姿態，前後搖頭晃腦，又是擺臀收尾的，我即可清楚從牠黑白相間尾羽的標誌上叫出牠的名子。然後，牠們會一起鑽入葉子茂密的綠樹上層裡，進行一段不欲人知的愛情。這時的綠樹，才是更添情調的。

向晚，趁還有一點餘暉，我卻一點也沒情調地抽空由坐瘓頸部的編輯桌間走出來，到陽台伸展著只怕僵化的身段，聊聊天或透一口氣吧，由綠樹們擁護著的那株獨立而讓人矚目的枯木，依然是我目光追尋的焦點，有時是兩三麻雀不動聲色地蹲在枝椏，有時是同一隻野八哥孑然一身顧自梳理羽毛，有時是一隻睽違已久的珠頸斑鳩。在這都市裡，要觀察到其他的鳥類已變得頗爲不易，除非靠些運氣與用心。

在中山北路或承德路邊紅磚道上的路樹上，清晨時分仍有些綠繡眼會出現，唱著如彈弦的優雅音調，從這一株樹飛到那一株樹，一路上彈著弦琴唱過去，但除非用心或運氣，否則是無緣體會或見識到的。曾有短短兩三年我在中山北路的一棟大樓上班，流行時尚的路線也使我經常樓上樓下跑，對路樹卻往往沒時間好好見識，即使我每天是整條中山北路上最早起的少數幾個人之一，我在騎樓下乏味地啃著麵包，坐在機車上翻報紙，等清晨的大門拉起，而賣命地工作。那時我剛做完野鳥新樂園的一年四季野鳥觀察記錄，但接下來所面臨的是最困擾的工作抉擇，對路樹竟是視而不見，當時我想的工作理想已全然被毀滅了，而重新燃起回鄉退隱的意念——因爲我始終希望是一隻鳥，能回到森林裡。

但作爲一隻都市之鳥，可能面臨的天敵卻相形變少，只要能適應妥協都市的特有環境，像綠繡眼、野八哥、白頭翁等皆是其中的佼佼者。不過，都市之人的困頓在都市裡則如影隨形，當都市被類比爲「叢林」時，人也是被這都市叢林的圍困之鳥。

九月的傍晚又有一對野八哥藏身在那叢綠樹上層裡，牠們可能在最隱蔽處築巢、生下雛鳥；在中山北路邊清晨的路樹上，應該還有一路浪漫般彈著弦琴的小歌者，一樹又一樹地傳唱過去；我們爲何不要樹？這城市已經夠令人蒼老、無趣、失望了。

枯木因停棲著珠頸斑鳩，而令我幻想它有朝一日會再重生萌芽；同時一隻珠頸斑鳩的現身，讓我在黃昏時光中見到生趣閒適；然後，我在重重掩上的深色雲層下，抽光手中最後一支煙，返身繼續工作。

在夜晚來臨時，整個城市中所有的樹皆隨著鳥類的安息而沈靜下來，所有的鳥類此時都在樹的懷抱中，做自己的夢。但有人爲了節慶爲了歡愉，硬是將成串無盡的彩色小燈泡掛在夜晚的樹上，讓它們像小丑一樣閃亮發光，鳥類們也不必做好夢了。這城市，似乎也未曾好好做好夢過。誰又在意這些呢？我低著頭，繼續工作。

明早，也許可以聽見彈弦的傳唱，也許未必，因爲大部份的人都還在睡覺，因爲大部份的人也不在意，因爲大部份的人也只在做自己的夢。

老烏鴉的看法

這樹林自從百年前野鹿山羌絕跡之後，
就只有草叢和我等羽族堅持苟活下來，
固然像小彎嘴畫眉會劃地自限、
五色鳥與藍鵲將幾處樹頭列為自己的疆域，
但絕大多數的鳥雀卻仍自愛地維護自由取食的共同市場，
以分享大幅居住的利益。
然則，這美好的遠景似不久長，
首先是自營的伐木工人開始私自砍伐林木……。

荒土野地的樹林裡，我無聊地獨立高高枝頭閒望。除了覓食和固定路線飛行，這是我一天當中唯一可以做的事了。

但是，說它無聊閒望，也許言過其實，因爲一個人彷若無聊地經常在樹林中觀望的詭譎舉動，已逐漸引起我窺視的興趣，而且日子一長，對方似不改其志，終究令我相當好奇，於是我決定閒來無事便跟蹤他，這樣做總比被多嘴的白頭翁說我是無聊老居民來得好多了。

而根據我這所謂「無聊老居民」的判斷和經驗，這人應該別有所圖，雖然在大部份的時間裡，他通常會小心翼翼的自律以不擾鳥雀的作息，甚至側臉傾聽任何風吹草動，可是總會像小偷竊賊般躡手躡足地藏身在自認滿意的草叢中，蹲下噤聲，開始他極其「無聊」的工作，這工作包括不勝厭煩地用食指彈開爬至他身上的螞蟻、誇張而使力般地揮動手臂驅除近身的蚊蠅、口中唸唸有詞地在記事本上急速畫寫一通、慌忙地由背部行囊取出測高器和溫度表，但一具顯然持久後會令人手痠的笨重望遠鏡則始終不離眼線……他定點出現，同時重複相同的類似工作，並且在這個看來單調又枯燥的工作中，時而露出欣喜的神情。

然而，他往往未從這荒土野地帶走一葉一草，一直到星光逐次閃亮在山陵的天空後才踽踽消失在樹林邊緣。我感到微微不解的是他好像獨對鳥雀的行蹤特別在意，不惜在多雨的時序裡也照常光臨。

這樹林自從百年前野鹿山羌絕跡之後，就只有草叢和我等羽族堅持苟活下來，固然像小彎嘴畫眉會劃地自限、五色鳥與藍鵲將幾處樹頸列爲自己的疆域，但絕多數的鳥雀卻仍自愛地維護自由取食的共同市場以分享大幅居住的利益。

然則，這美好的遠景似不久長，首先是自營的伐木工人開始私自砍伐林木，接著菜農在山谷闢出整塊菜圃而且灑上農藥，不知節制的登山客在小徑沿路的樹上紮上紅色布條同時大聲喧譁，然後偶爾也見到獵人在暗處出入，因此連松鼠和紅嘴黑鵯都有了舉家遷移的打算。

一隻害羞，只願大白天裡發出沈悶吼聲的臭狸都不免埋怨，這荒野越來越不適合居住了。如果問我的話，我這長年便隱居在此的老烏鴉又能說些什麼呢？除非迫不得已，否則我是不輕易背離這老家園的。

但顯然在我未明確他的意圖之前，人鳥尚得保持適當距離。距離，是我等羽族求生的法則，每一隻鳥種的祖先皆曾諄諄告誡過子孫：在人類未學習與荒野相處之道前，莫輕易接近他們。

而這人至少不具對鳥雀迫害的敵意，他只是用一種幾近於狂熱又冷靜的觀察態度，獨力辛勤記錄著。

有時，爲了更易於接近，我不得不放下高飛的身段，以亦步亦趨的飛掠跟蹤他，透過樹隙，觀望他的一舉一動。在這複雜的林相中，綠繡眼成群啾然橫掃一片林梢又一片樹頭，而罕見具保護色的綠畫眉則通常驚鴻一瞥，啼鳴細緻的山紅頭們則在潮濕的蔓草堆裡進進出出，加上各種小型鶯科的雀鳥齊唱，他似乎也能適然以耳力去分辨鳥聲，那種聽辨的神態有些滑稽，但他不時抬起望遠鏡搜尋和翻閱圖鑑以辨證確認。

有時為了枯守那隻好動的黑枕藍鶲，在樹林地上一坐便是一個午後，這對他而言，確是值得的一項考驗或鍾情？

在方圓數公里的荒野領域裡，山巒起伏，我們這些原住民在野史中曾繁衍興盛過，平靜快樂生活過，即使閒散的我未就種族目繁詳細調查過，但也曾度過自由飛翔的日子，誠如人類對自由言論的熱切追求；但如今隨著吼叫軋傾的推土機肆意地開膛剖肚結果，一處隱然成形而將人潮紛沓的遊樂區，有朝一日勢必譏諷地強力摀住弱勢羽族的啁啾抗議。依照我身為老烏鴉的看法，山林一旦消失，百年間大抵難恢復舊觀，那麼也許連我都得有最壞的打算才行。

遠處隔山傳來嘎嘎電鋸聲，他歇下來，坐在被鋸平的樹頭上，夏日蟬聲四起，其中一隻眼明嘴利的白頭翁叼著嘶鳴的草蟬潛入樹叢裡，享用過時的午餐。

他悄悄抬起望遠鏡不動聲色地觀察。

遠處隔山又傳來嘎嘎電鋸聲。爲數尙猶頗眾的鳥雀，該是他揹著行囊探訪的主因。然則，更了解鳥雀羽族的捕鳥者，卻是最了解如何製造陷阱的人，他們佈下吊子，他們尤懂得神乎其技地如何將落入細密鳥網的鳥雀，在絲毫未破壞網線的情況下，將獵物毫髮無損地取走變賣。遠處隔山繼續傳來嘎嘎電鋸聲。

我哇哇無意識地啼叫一聲。

他淡淡看我一眼，或許像我如此人盡皆知的老烏鴉，甚至憑靠聲音辨識，也足以綽綽有餘便知曉名字身分的。

但或許並非這樣，他這好事的傢伙一度耗去四個白日用來追蹤我，從而熟悉我的飛行和停憩路線地點。

只要他願意，他也會知道每隻烏鴉偏愛在哪株樹幹上出現，停留多少時刻。

竹雞可不管這些，牠們在日照斜掠群樹頂部的早晨群起叫噪，而一刻也不願暴露在山徑或稍空曠的空間，牠們明白因樹林遭伐而導致食物匱乏的餓極鷹隼，隨時從天而降，但地面不勝防的吊子同樣令牠們忐忑不安。

牠們叫聲奇特遠播，總似有將全數鳥雀吵醒的企圖。

可是在每一魚肚白的凌晨，我早已打點好一切，越過山線，佔據在山側的最高處樹幹上滿足地進用美味早點了，同時也會眺望到他嫌惡地避開山腰人家所飼養的三五惡犬，急忙朝山林邁力前進的影子。

鄰近垃圾山頭燃燒造成的灰燼滿天飛舞，籠罩整個荒野，這誰又爲羽族抱屈？膽大如我與台灣藍鵲也不過基於討食而冒險接近人跡，卻也隨時識時務地荒亂走避。

至於，有關嚴肅的自然生態話題，那更絕非我等羽族可參與意見的。野鳥觀察者他，孤獨而謹愼地曲膝躬身在樹林中，連走動時亦悄聲戒懼，然則是誰允許授權他這麼做的？

儘管，我能意識到他的作爲或是研究記錄的無敵意形式，但這荒野樹林的所有權不就早已歸屬此間的最初鳥獸草木，只缺一紙白紙黑字的地契而已？而後來的人類僅憑一紙地契便侵佔瓜分了山林，無視一切。

當人類以地主自居，強據且恣意破壞之後，我等羽族更束手無策了，流浪遁走於林梢和草叢之間，棲身於荒野山川一隅。他，則是人類的一份子，似乎也無權自由進出。

是的，關於自然生態，也不過是關於鳥獸草木生活的縮影，人類憑什麼主宰。也許，是和自然生態無關的，我們只願活得民主些尊嚴些，無所苛求。

說來，也是他干擾了我原本清閒的日子，一隻野鼠屍體的滋味如何，與他無關；叫聲的涵義代表什麼，也與他無涉；甚至，我打個小盹或閒來無聊運動一會兒翅膀，也純屬私事；而被暗中窺探監視的感覺，彷若亦有絲絲不安……這，他和其他人類是無從了解的。

是的，關於自然生態，在這海拔高度不超過八百公尺的山林上，高壓電鐵架溝通兩頭城市的文明，航空飛機定時穿越捷運更遠兩端城市的生活，而所有的羽族蟲獸皆喘著氣，牽腸掛肚地度日，因爲不知道人類所謂的自然生態是否有利於這低海拔尙存的生物。這想必連野鳥觀察者都難以想像。

他走很遠了，很累了，歇一會吧。五色鳥深沈地破空引鳴一陣作響，天際則久久始傳下一聲聲蒼茫，這片視線所及的雜木林相將在我有生餘年中終至消失。趴睡在濃蔭樹枝上的赤腹松鼠很容易就被任何異動驚醒，最後一隻暗灰色野兔已有一年未見，偷運上山的垃圾持續在山谷堆積，文明已戰勝荒野，這並非記錄多種野鳥文字所能改變的。

所以，關於自然生態又如何呢？

「至少他爲我們記述立書。」樹鵲說。

「不，這不關他的事，這是我們的土地。」白頭翁咕噥地說。

「也許，他的力量有限。」斑紋鶲鶯說。

「但誰准許他這麼自由出入的？」大彎嘴說。

「不論如何，誰都不應在干擾我們生活的情況下，越入這樹林一步……」白耳畫眉說。

然後，我這老烏鴉只聽見滿樹滿林的激辯，但有了什麼結論又如何呢？

黃昏開始的時候

蝙蝠現身在都會叢林上空，
確也給我一些喜悅的意外，
如果這都會還存在一些樹一些草地的話，
空中之蟲就會誘惑牠們光臨，
遠從台北盆地外圍的有限樹林中來到都會中討食，
如果再加上都會裡幸運的椰子樹沒被剷除，
那麼牠們就可以安身立命下來，
享受偏安似的生活。

黃昏開始的時候，蝙蝠出現了。除了目擊者眼中的幽浮之外，只有蝙蝠有這樣的能耐，在黃昏開始的天空，大約十二層樓的高度，盡情的翩飛，在疾速毫無瑕疵的直線飛行中，會倏然以三百六十度的向後轉，輕而易舉地完成，以及高高低低隨性地追擊吞食細微的空中之蟲，較之以長途飛行的燕子，也毫不遜色。

牠們以小群約十隻的散開隊形，各自憑靠高超的飛行技巧，寂靜無聲迅速錯落地擁有一小片都會的天空，當黃昏在所有屋頂上鍍一層鑲金，透明而寬闊的翅似乎是使牠們能在無礙疾行中輕鬆打個逗點後，發揮立即掉頭的本領，連所有的燕科鳥類都無法表現如此完美，而令人驚異嘆服。

我站在十一樓的陽台，看牠們在黃昏天空的舞台上表演。

然後，我開始搜尋地面上是否有椰子樹。

在蝙蝠們應該沒有棲身之所的都會裡，唯有高聳而安全的椰子樹，才可能提供牠們白天再度光臨時的憩息。

但現在，黃昏開始的時候，教人相形見絀的高超飛行術才能發揮得淋漓盡致。我不清楚，偶爾穿越牠們領域的赤腰燕有何想法，畢竟在赤腰燕畫著優美大弧度曲線的時候，蝙蝠們卻直來直往，不斷在黃昏中鋸齒般的線條，不規則地瓜分空中之蟲的食物區，這樣的行動會持續到華燈熄滅。

不過，蝙蝠現身在都會叢林上空，確也給我一些喜悅的意外，如果這都會還存在一些樹一些草地的話，空中之蟲就會誘惑牠們光臨，遠從台北盆地外圍的有限樹林中來到都會中討食，如果再加上都會裡幸運的椰子樹沒被剷除，那麼牠們就可以安身立命下來，享受偏安似的生活。

當黃昏開始的時候，有人準備下班了，牠們卻紛紛起身上工，而飯鐘是由黃昏敲響的。

黃昏開始的時候，安全島的草地上有些騷動。

即使隱身其中也毫無問題的麻雀，拉長小頭顱從密密宛如樹叢的草地裡探出頭，探視著任何風吹草動。

高過牠們身軀的尖長草葉，迫使麻雀們不得不辛苦地高高低低探頭引頸窺望，小心翼翼在牠們圓黑眼睛中流露出一些慧黠。

當牠們又隱沒在草地中時，我相信這時正是牠們低身享用一天當中最後一餐的愉悅時光。

如果可以的話，牠們可以大膽地選擇草地一隅的小沙地，洗個舒服的沙浴。麻雀們要求的不多。

但難耐的，是我騎著機車暫停在安全島邊的紅綠燈下，無法排拒的窒息廢氣，只好別過頭去，猜猜下一回的小頭顱到底會從草地的哪處草葉中又冒出來。

牠們就這樣起起落落，安適且神經質地在草地度過黃昏，在最後一抹霞光於草尖消逝之前，不知去向離開，會偶爾打擾麻雀們進食的，只有無所事事的野狗，和牽著狗前來撒尿的裝作無奈的狗主人。

這些麻雀都在都會裡生活了一輩子，頤養天年或含飴弄孫，但有一天牠們突然發覺野生八哥的數量在急劇成長，雖不致影響麻雀們的作息覓食，不過也隱隱感受到生活的壓力吧。車行轆轆的邊緣，一般說來安全島是牠們快樂的天堂，縱使草尖會在牠們柔軟的腹部摩擦出麻麻刺刺的不自在，卻也似乎當成一種自娛。

黃昏開始的時候，野生八哥也還閒不下來。

全城所有的屋頂上和樹上，以及難看的電線桿上，都是牠們走動眺望的地方。有一回，我在市郊追蹤一對野生八哥，足足花了兩天才發現牠們把巢築於遠在天邊、近在咫尺的一根廢棄的木頭電線桿上，這木頭電線桿危危獨立在一片稻田中，巢的出入口也正在木頭電線桿頂部半尺下方的側面，一隻羽翼正豐的小野生八哥伸著頭，怯怯地向外望；牠的父母在過去兩天當中，不斷在巢的方圓五十公尺內頻頻變換落腳處，期望吸引我的注意力。

聽明的這對野生八哥也因此令我耗費不少體力，跟著牠們飛快的腳程東奔西跑，卻未料原來牠們的巢就築在我眼前。牠們在引誘我玩躲貓貓的遊戲，只要我不自主接近那木頭電線桿附近，牠們綿綿不絕的粗魯叫聲便催著我去找尋牠們。

但是，在都會裡的野生八哥大部份都懂得噤聲的好處，牠們有時在人家的屋頂上學鴿子大步走，一派休閒。牠們可不願自尋煩惱，表明自己在都會中是如何的赫赫顯族。事實上，我已察覺牠們在都會中似乎在數量中有顯著的增加，這是從什麼時候開始的事？至少，野生八哥不願多說。

黃昏，給都會造成另一波車潮時，野生八哥的活動力也降低下來，牠們開始侵入麻雀的安全島地域，瓜分食物與空間。人們卻好像依舊不曾感覺牠們的存在，直直盯著回家的路向前看，野生八哥則會閒適地停止所有的動作，靜靜從不同的地方觀察這一切。

我也可能是黃昏車潮中的一份子，卻心知肚明牠們正潛藏在都會裡某些地方，慢慢睇下眼，不理會初上的萬家燈火。

黃昏開始的時候，一隻苗條、穿著流行的貓安靜地走在街頭。

是貓自願穿得如此入時，或是這都會給牠披上華衣的呢？我不知道。但有人斬釘截鐵地指出是前者。我還是不予置評，因為黃昏畢竟是斑斕美麗的，即使在都會中也一樣。

輕巧的腳步卻不生怯，就算踩在鬆動破碎的紅磚道上也不會失足，更何況牠通常是踮著腳尖走路，穿高跟鞋也不過如此。

像許多在黃昏才出現的貓，牠有優美的身段、好看的時尚外表、誘人的睫毛和眼睛，重要的是黃昏似乎都不及牠吸引人。關於這點，都會的人們是不會否認的。

但關於這隻貓的身分，則非人人知曉，牠不會輕易從叫聲中透露，牠本來就是神秘的。其他神秘的貓，會三三兩兩逗留在白天咖啡店裡，安靜或低聲細語等待黃昏降臨這都會，才漫步上街。牠們將都會視爲能索取到美食的地點，同時也是表現自己美麗紋身的良機。

而這一隻迷人的貓，安靜地走在街道上，優雅似的繞過有路樹的轉角，悄悄避開依然火熾的黃昏烈陽，仍是一副神秘。牠不像在咖啡店裡的貓，牠應該是一隻獨行的貓，年輕且漂亮。

距離夜色尚有一段時光，只是像這樣八月有炙熱陽光的黃昏，仍擋不住有人想急切享受夜色的柔情。於是，牠穿過有著樹蔭的巷子，轉進一家旅館。

當牠的腳才剛剛踩上去，電動門即輕輕開啓了。

紋白蝶之樹

那會是一株鐵道木樹嗎？
我們對許多植物的一知半解，
曾經讓我們失去許多植物。
如果在這野地上，
我們也不小心失去了紋白蝶之樹，
那麼就可以預見，
我們在視覺美學上將無法做長遠的延伸，
紋白蝶也會失去生存的舞台。

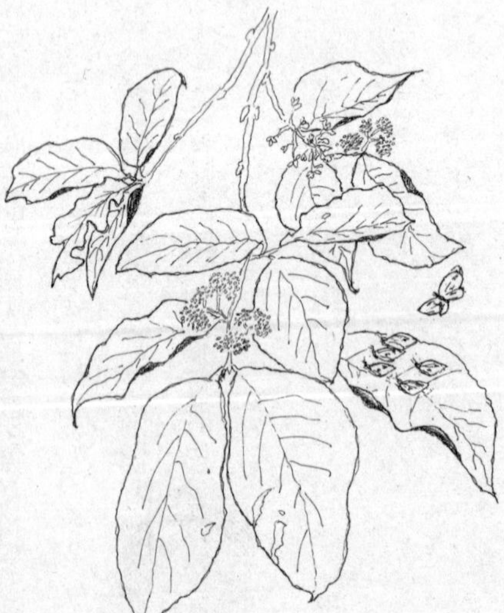

三月的陰雨在野地逐漸撤退之後，油麻菜似乎在日光的烘焙下，比預期的長得更理想，也似乎是紋白蝶所期待的。

紋白蝶是如何在這時候醒來的，以及如何被油麻菜所吸引，這種生物學上看起來頗爲奧妙的課程，大概連經常在附近走動的斑紋鳥也不屑一顧，但是我一竅不通。在大自然的所有學問中，我總仍在它的殿堂外不斷徘徊，對紋白蝶與油麻菜的關係更是一知半解。於是，三月就好像很順其自然地在這塊野地上獲得生物教堂的學生青睞一般，用一種輕柔且富吸引力的語言，一種具魔術般的語言，說著滿腹經綸。

因此，越來越多的紋白蝶學生也聚集而來，將整個小小的油麻菜田擠得動盪不堪。這些學生卻不是最有教養認眞的一群，牠們相互嬉戲追逐、兜著風盤旋，或像是無所事事的來去，彷彿要把上課的一點點時間全花在遊玩才甘心似的。事實上，牠們所擁有的時間也不多。

我們對時間的觀念，到底是建立在什麼基礎上？紋白蝶在面對油麻菜的某種相對生態上，可能才是微妙時間的表徵。但是，在過去的時間裡，油麻菜尚未被引進種植在這野地前，紋白蝶是否在數量上有比現在少這是可以想見，而牠們的出沒與植物間的互動，卻不是我這非植物系學生所瞭解的。不過，如果一個只待在研究室裡，只顧埋首試圖由厚重參考書籍中找到一隻紋白蝶，那恐怕得到的又是一些生硬的資料和一隻僵化的紋白蝶罷了；而任何一個喜好野地且不頑固的學生，卻很容易捕著一隻活生生的紋白蝶。現在已是三月的盛開時分，雨燕在第一場春雨之後，就紛紛隨後而至，用雙翼快意自如地擦拭著天空，於是我也發現野地上如天空藍的黑枕藍鶲，一樣令人流連。

時間，也許對紋白蝶有利，但對油麻菜卻不見得有利。在轉眼的一兩週內，油麻菜的成熟則導致它們的消失。一把鐮刀，可能取走它們黃得誘人的生命。我著迷的眼光從黑枕藍鶲稍縱即逝的身影移開，再捕捉油麻菜的光彩時，只見枯黃的稻草覆蓋在原來的油麻菜田上，那會是日後又一片鮮黃亮麗的油麻菜光景嗎？我無法預測。喝一口水吧，我坐下來。紋白蝶開始轉移流連的方向，牠們在附近找到一株紋白蝶之樹，作爲歇息、睡眠、交際，甚至是交配的場所。

那會是一株鐵道木樹嗎？我們對許多植物的一知半解，曾經讓我們失去許多植物。如果在這野地上，我們也不小心失去了紋白蝶之樹，那麼就可以預見我們在視覺美學上將無法做長遠的延伸，紋白蝶也會失去生存的舞台。而我卻一直無法知道紋白蝶之樹在這野地的數量有多少，分佈的情況又如何，牠們又爲何要單單找上這種看起來並不起眼的樹？這個多數人不想不欲知道的秘密，大抵只有紋白蝶和專業植物學家可以告訴我們一些蛛絲馬跡，但後者卻需要你專程去請教才行。

不過，如果我們願意多花點時間逗留，那麼也許紋白蝶會告訴你更多的秘密。

我們不必問什麼廢話，紋白蝶就用牠們的肢體語言訴說某些事，而讓我們明白什麼是生態的眞義，和紋白蝶之樹的誘惑力是如何令人迷戀。在並不是教人困擾的雨勢悄悄越過四月不久，若要觀察紋白蝶與樹有兩種方法，一種是把漫遊的時間空下來，好好坐下來等著；另一種方法是在自己的屋外種一株紋白蝶之樹，而且等到春夏交際。當然，你也可以種下一畦油麻菜，而放棄一株尚可遮蔭的紋白蝶之樹。不過，若這樣做或許就少了揭穿某些有趣的秘密。

例如，四月失去油麻菜的紋白蝶，大部份會選擇在午休時刻停歇在紋白蝶之樹的葉片表面上，每一隻左右相隔約一對粉翅的寬度，換句話說，當每一隻紋白蝶各自打開粉翅時，並不會彼此碰觸對方；牠們一致選擇同一葉片，等如手掌般大的葉片歇下六七隻紋白蝶之後，其他的則識趣地轉至它葉。我不明白的是牠們爲何對葉背沒興趣？但我感到訝異的，是當一隻紋白蝶從天空飄飄然翩翩落下之際，我目睹葉片上每一隻同伴都熱烈地張開雙手，用力鼓掌似的歡迎這從天而降的老友一般。而只要這位老友願意，牠喜歡飛到哪裡皆受到一致的迎接，即使那僅是一次次的過門不入的禮貌式點頭拜訪罷了，卻也令人貼心。我深信，紋白蝶都是有禮貌且無心機的小傢伙。因此，當愉悅地坐在四月雨停的風中，我也見到綠色的葉片上，似乎有許多快速眨動的白色眼睛在東一角、西一隅開開閉閉，這時一種活躍的生機就會閃爍在我眼中。

牠們不願選擇葉片背面作爲歇息的聚會場所，是因爲那裡根本不易受到青睞、或晒不到陽光、或有其他的原因，這我一點也不敢武斷。但我彷彿可以依循著邏輯與有限知識做判斷，牠們之所以一定的數量群聚在同一葉片上，而不各自選擇單一落點，可能是基於集體的合作有助共同抵抗或混淆外敵的威脅。這樣的一株紋白蝶之樹，就在你不知覺忽視之下，一動也不動地如葉片的不規則枯白痕跡留在那裡，或忽然張動無數的閃亮大眼睛，將整株樹的焦距硬是推至你面前。

在雨燕低低掠過地面，又一個急急側身，於驚險萬分即將迎面撞上時，卻以輕巧絕倫的飛天特技，險險地斜斜拂過我的臉頰，這時，我已漫無目的的由一條人工小徑走出來。遠處山腰傳來咕噥如求偶卻不可得的竹雞埋怨叫聲，因爲牠能得到的反應只有我熱切搜尋的眼光，若牠肯大方地站在高高的灌木叢上的話。我回程順著下坡石子路走，心裡想的是紋白蝶與樹，但令我擔憂的是油麻菜的收成，可能也影響到紋白蝶的活動、數量、覓食，甚至生存。在我可推測的知識領域中，深信紋白蝶與油麻菜的密切關係，誕生和交配似乎才是關鍵，而活動和生存卻與紋白蝶之樹有牽連。

或許，我對紋白蝶之樹的偏心是有原因的。說實話，以自然生成的紋白蝶之樹由於相較來自人工種植的油麻菜更令人具有好感，再加上我對後者被種植者剷除它種植物的替代地景不相容，即相對有了排斥。倘若我有選擇，我仍然會靠向前者。不過我也瞭解，今年紋白蝶數量出奇的繁盛，絕對和剛大舉收成的油麻菜脫不了干係，而且因食物的忽然增加，也必然讓紋白蝶找到最佳的繁殖時機，更在某些花粉的傳播與被獵食的機率上，造成某種小小的生態變化。也或許紋白蝶之樹在野地上早已形成自然地景，並且不俗麗的在涼爽四月的飛蝶紛至沓來中，開出一種細碎簇擁花朵的紫紅色，一種優雅含蓄的紫紅，我就不得不跟著紋白蝶投它一票。然後，當它又毫不吝惜地提供柔軟的床給紋白蝶，並附送伙食時，我也會喜歡它。而它在野地的弱勢，在單位範圍裡的稀有性，更足以使我另眼相待。我的偏心像紋白蝶一樣多，圍繞著紋白蝶之樹飛舞。

像春日依戀紋白蝶一樣，紋白蝶也依戀著這種少數卻在四月受到獨寵的紋白蝶之樹，在油麻菜失去色香味的誘惑之後，牠們移情、向紋白蝶之樹投懷送抱。如果不識趣的大白鷺為了女友而爭風吃醋，大剌剌地在鄰近山谷上空嘎嘎嘎粗野地尖叫、追逐，並為了春日所挑動而起的愛情大打出手，那麼紋白蝶的春日之戀則是默默的、纏綿的。唯有看過紋白蝶雙雙對對在紋白蝶之樹見證下悱惻的逐愛行動的人，才知道愛情於春日裡的動人之處。

坐下來喝口水吧。愛情雖然無法感動油麻菜種植者，但它畢竟已經開始運作了。

但於此同時，殺戮的危機也逐漸展開。紫紅色紋白蝶之樹的細碎花朵上，人面蜘蛛已做好陷阱、甦醒的小斑爛蛇被引出窩睡了一整個冬天的石洞、一群螞蟻正圍攻倒楣的毛蟲，我轉頭看見老鷹盤旋嘯叫在附近山頭。很少有人可以避開愛情和傷害，野地的生物也是一樣。

但種植者在收取油麻菜之後，可以改種蘿蔔，假使願意還可在外圍加設圍欄。在向陽坡面的紋白蝶之樹所聚生的花朵，和相思樹開出與陽光競美的鮮黃花朵一般，正盛地引誘各種昆蟲以傳播花粉代勞，而代價是一頓美味的花粉大餐，紋白蝶則是第一批大塊朵頤的先鋒部隊。等紋白蝶享用大餐之後，紋白蝶之樹簇團的花朵即轉爲凋謝，飛落的卑微、如斷針細微末節的回歸大地，等待明年再生。

數株油桐樹的雪花參差而醒目地藏身綠色林子裡，一對老鷹對四月的興趣只在山頭懶散地飛行，因爲牠們有的是時間和體力。但對紋白蝶和樹而言，生命所有的一切卻很快會在轉眼間逝去、失色。喝一口水吧，我從行囊中拿出筆記本與筆，畫下紋白蝶之樹花葉的四月的痕跡，走下山時，一回頭，我已無法分辨紋白蝶之樹身在何處。

國家圖書館出版品預行編目資料

野地協奏曲／陳煌著；——初版.——臺中市：晨星，2004〔民93〕
面；　公分.——（自然公園；62）
ISBN 957-455-668-9（平裝）
1.修身 - 文集

855　　　　93006520

自然公園 62

野地協奏曲

著者　陳　煌
責任編輯　莊雅琦
校對　向玫蓁、莊雅琦、曾一鋒
美術排版　黃寶慧

發行人　陳銘民
發行所　晨星出版有限公司
台中市407工業區30路1號
TEL:(04)23595820　FAX:(04)23597123
E-mail:service@morningstar.com.tw
http://www.morningstar.com.tw
行政院新聞局局版台業字第2500號
法律顧問　甘龍強律師
印製　知文企業（股）公司　TEL:(04)23581803
初版　西元2004年6月30日

總經銷　知己圖書股份有限公司
郵政劃撥：15060393
〈台北公司〉台北市106羅斯福路二段79號4F之9
TEL:(02)23672044　FAX:(02)23635741
〈台中公司〉台中市407工業區30路1號
TEL:(04)23595819　FAX:(04)23597123

定價 200 元
（缺頁或破損的書，請寄回更換）
ISBN 957-455-668-9
Published by Morning Star Publishing Inc.
Printed in Taiwan